召喚師的馴獸日常
01
召喚獸內容與包裝不符可以退貨嗎？
喵四郎—繪

序章

自古以來，爲了爭奪土地，人間界與幻獸界之間一直戰火不斷，持續了長達數千年。最後，在幻獸方的節節敗退下，這場鬥爭終於在一千年前畫下句點，雙方協議停戰。

雖然幻獸們保全了自己的土地，但條件是每隻幻獸都必須聽命於人類，隨時隨地接受人類的召喚，來到人間界協助他們完成任何工作。

從此，人間界誕生了一個新職業——召喚師。

所有人類都有資格成爲召喚師，因此這個職業很快地在人間界興起。

今天要說的，就是一個召喚師……呃，不，一隻召喚獸的故事。

第一章

對諾爾瑟斯來說，這個世界上不存在著什麼公平。打從出生起，幻獸們就注定一生都得為人類效命，他們被迫在身上烙下用以識別身分的契文，即使是剛降生到這個世界的年幼幻獸也不例外。

最初在大戰結束後的幾百年間，這種必須隨傳隨到的制約引起幻獸們的強烈反彈，進而導致幾次歷史上知名的革命，但最終都以失敗收場。

於是，幻獸們只得被迫認命，他們沒有自己的時間，無論在做什麼事都可能隨時隨地被打斷，終其一生都得做為人類的奴隸，這無論從哪個角度來看都是件悲哀的事。

但是千年後，這個情況居然有了轉變。

「也不能說是轉變啦，我們依然是人類的奴隸，只是大家都習慣了，不如說被召喚已經是我們生活的一部分了。」

一隻兔子穿著整潔的鄉紳服裝，坐在教室裡的講桌上，對底下的聽眾們說道。他的聽眾橫跨各個種族，有長著羊角的女孩，也有背後披著醒目的雞毛披風、頭頂雞冠的男孩，一名脖子上戴著牛鈴的少女則聽得昏昏欲睡，抱著一隻軟綿綿蓬鬆鬆的羊毿起了眼睛。

「你們看！這是我從人間界偷——咳，帶回來的教科書。」

兔子先生挪動身子，雀躍地將放在自己身後的一本書推到講桌前面。這本書立起來幾乎跟他一樣高，嬌小的他使勁將書本立穩，在大家面前翻了開來。

書裡是一幅幅以墨水繪製的精緻插圖，每一頁都畫著一隻幻獸，並且於下方列出該名幻獸的召喚契文以及介紹。

「這些是被記載在人類教科書上、赫赫有名的幻獸們！」

此話一出，底下聽講的幻獸們雙眼都亮了起來，同聲驚呼，連方才那個昏昏欲睡的少女也醒了過來。

書上畫著一名身著黑色鎧甲的無頭騎士，他抱著自己的頭盔，騎著高壯的黑色駿馬，高舉著寶劍，看起來威風凜凜。

「這位是高貴的無頭爵士，勒格安斯！魔族幻獸，召喚等級S！傳說其寶劍能斷開一切魂結，是傳奇幻獸之一。據聞三百年前曾有人類勇者召喚他，因此拯救了自己的祖國。」

「哇啊啊——帥呆了！拯救整個國家耶！」

「他的契文怎麼會在上面？這樣人類不是就可以隨意召喚他嗎？」

「能夠召喚S級幻獸的人類召喚師十分稀少，所以即使全天下的人都知道他的契文，一年到頭召喚他的人恐怕也不出幾個。」

「太厲害了！完全是我們幻獸的榮光啊……」

「你說對吧？諾爾？」

聽見有人呼喚他的小名，始終趴在角落睡覺的諾爾瑟斯緩緩睜開雙眼。

他的外貌看起來是二十幾歲的男子，有著一對漂亮的綠色眼瞳、一頭烏黑柔亮的鬈髮，以人類的眼光來看稱得上美男子；他穿著一身黑衣，頸上圍了一圈蓬鬆的白毛圍巾，乍看之下與人類無異——除了頭上生了一對彎曲的羊角。

「嗯，很厲害。」

諾爾敷衍著回應，準備閉上眼睛繼續他的好眠，但一隻毛茸茸的小手卻拉了拉他的羊角。他皺起眉頭，不甘願地看向不知何時跳到自己眼前的兔子先生。

「眞是的，身爲我們之中唯一的B級幻獸，你要表現得更意氣風發一點啊！睡什麼懶覺。」

面對兔子先生的責難，諾爾打了個大呵欠，坐起身來，隨手抓了抓睡得有些蓬亂的頭髮。

「但你講的都是些與我們無緣的事。」

兔子先生的臉綠了，因爲諾爾說的是事實。

相較於那些帥氣又強悍的魔族幻獸，像他們這種畜牧型幻獸基本上是與戰鬥類任務無緣的，每次被召喚多半是去替人類務農，像諾爾最常做的就是幫忙牧羊。兔子先生也很清楚，他最常做的工作同樣是務農，甚至有時候只是當吉祥物——有些人召喚他就只爲了摸摸他那身柔軟的毛。

「只、只要努力，我們有一天也能跟他們一樣啦！總不能老是讓其他幻獸瞧不起我們！」兔子先生跺了跺腳，氣憤難當的說。

「就是說嘛！我們畜牧型幻獸也可以勝任戰鬥類任務的！總有一天要讓大家看看我們的厲害！」一身公雞毛的男孩站了起來，情緒激昂的大聲附和。

諾爾看著鼓譟起來的聽眾們，一副事不關己的樣子，再度打了個呵欠。

他想起今早閱讀的那些關於革命的歷史書籍，再看看眼前的景象，完全搞不懂爲何這個世界會變成這樣。

沒錯——

曾經幻獸是厭惡被人類奴役的，但如今他們的生存意義卻變成了被人類召喚。

「哈哈哈！你眞的那樣講啊？」

「嗯，他們聽了之後好激動。」

「那當然啊！如今幻獸界可是個以被召喚爲榮的社會啊！」

熱鬧非凡的酒館裡，結束工作的諾爾一邊喝著酒，一邊搖了搖頭。他的好友菲特納豪邁地灌下一杯啤酒，大力拍了拍他的肩，被這麼一拍，諾爾差點把酒給噴出來。不過這早就不是第一次了，已經習慣的他很快又把酒嚥了回去。

「對我們幻獸來說，越是被人類崇拜，就代表越有用啊。」

菲特納高興地搖著尾巴，一隻手親暱地勾住諾爾的脖頸。

諾爾瞄了一眼菲特納，無語的喝了一口酒。對菲特納來說，被召喚肯定是件榮幸的事，畢竟不會有人叫一隻野狼去務農。

菲特納的頭上有對大大的咖啡色狼耳，蓬鬆但看起來觸感不太好的狼尾在背後搖來搖去，神情興奮。他是一隻體格壯碩的狼，跟諾爾一樣有著人類的外形。

「有趣嗎？戰鬥的任務。」雖然諾爾不討厭務農，但說不嚮往戰鬥是假的。

「當然！尤其是把對手咬死，哈哈哈！不過我的契約主不多就是了。」

「那是當然的。」

這是因爲，他的好友菲特納是個不折不扣的酒鬼。

身爲一隻狼，他擁有出色的戰鬥能力與野性，而對人類來說，召喚出一隻大狼就是比較帥氣，氣勢也足，因此狼族向來是公認的熱門戰鬥型幻獸之一。但是菲特納有個致命的缺點，就是太愛喝酒了，十次裡有八次是以醉醺醺的狀態應戰，剩下兩次則是還沒擺脫宿醉。

諾爾曾經聽菲特納抱怨過，有一次他在酒館混了三天三夜，當他疲倦地回到家後，才倒在床上睡不到一分鐘，召喚門便出現在床邊，他只好從床上滾下來直接摔進門裡。當召喚師見到他時，他還處於昏昏欲睡的狀態，結果就被一隻等級比他低上許多的幻獸幹掉了。

做為一隻幻獸，菲特納是個效率奇差，老是發揮不出眞正實力的傢伙。所以就算他把自己的契文捧到召喚師面前，也不見得有人會收。

幻獸的契約主越多，代表其身價越不菲，相對的也會比較忙碌，因為只要是持有契文的召喚師都可以隨時指定召喚他們。但菲特納沒有這個困擾，願意召喚他的召喚師實在太少了。

「哪天跟我一起去玩玩吧？你這傢伙不去戰鬥實在太可惜了。」

諾爾聽了，不解地看著菲特納。如果召喚師並未擁有他們兩個的契文，要剛好同時召喚到他們簡直是天方夜譚。

像是看出他的疑惑似的，菲特納又補上一句：「我被召喚的時候你也跟著一起來啊，不過就是個門嘛。」

「無稽之談。」

當幻獸被召喚時，眼前會出現一道圓形的門，根據召喚協會的規定，無論何時，只要門出現在眼前就一定得過去。

但是……兩個一起過去？哪有這種事啊，原本只是要召喚一隻狼，結果連羊也過來了，這哪門子的召喚，釣魚嗎？

想到此處，諾爾忍不住搖搖頭。

此時，菲特納的身邊忽然出現一道散發著光芒的門，門口對面有一隻長著翅膀的尖牙蛇正虎視眈眈。

「來得正好，要一起嗎？」菲特納露出爽朗的笑容。

當諾爾正想開口時，他的頭頂也出現了一道門，門外的景色是一片藍天。

「改天。」他放下酒杯並站起身。

「喂，先給錢再走！」酒館老闆連忙攔阻。

諾爾聳聳肩，隨意掏出幾個銅板放在桌上，看了看那道召喚門。這門可眞不厚道，開在距離頭頂一公尺高的地方是想怎樣？如果跳不上去，就只能找其他幻獸幫忙或去借梯子，這實在很蠢。

不過幸好他不需要，因爲他是羊，一隻擁有絕佳跳躍力的山羊。

諾爾一腳踩上椅子往上一躍，跳進了門裡。

諾爾承認，他並不是一隻好的召喚獸。

做爲召喚獸這麼多年，他的契約主至今依然掛零，只因他是個比菲特納更麻煩的傢伙。

當他從門裡躍出，輕巧地踩在地面上時，見到眼前站著一名少年。

少年看著諾爾，那張稱得上俊秀卻稚氣未脫的白皙臉龐上帶著興奮的神色，他擁有一頭如上等絲綢般的漂亮金髮，蔚藍的雙眼好似一片清澈見底的湖泊，閃閃發光。他抱著一本大書，瘦弱的身軀在寬大的召喚師袍襯托下更顯纖細，雖然乍看之下與普通人無異，但諾爾敢肯定這名少年絕對是人類中的怪胎。

爲什麼呢？因爲少年的肩上趴著一隻肥大的綠毛蟲，那對黑色小眼睛隨少年的目光一同瞧著他。

諾爾無言的看著少年，但少年就好像沒感覺到他詭異的目光，兀自興奮無比的看著他。

「是人形幻獸耶！」少年的語氣充滿了驚喜。「第一次召喚到人形幻獸……」

諾爾無視少年的打量，往左右瞧了瞧。此刻他身處一間寬廣的教室，就站在講臺前方，後方坐著一排排衣著跟少年相似的年輕人類，而一名站在講臺旁的老人以不敢置信的目光看著他，彷彿是因爲少年居然召喚出他而訝異，那些與少年年齡相仿的人類們也竊竊私語著。

「嗯……這、這位羊角先生，能拜託你做一件事嗎？」

少年以緊張的口氣向他搭話，面對這過分有禮的態度，諾爾忍不住皺起眉頭。他不是覺得這樣不好，只是太詭異了，他從沒遇過有人類會對幻獸這麼客氣地說話。

「你能把後面那隻幻獸打飛嗎？拜託了。」少年像隻小狗般搖著不存在的尾巴，一臉期待的指向自己身後的一隻幻獸。

那是隻魔族幻獸，外表看起來像灰色的小鬼，有著一對紅紅的大眼，身高大概只到人類的膝蓋處，頭戴頭盔、手持盾牌，侷促地東張西望著。

諾爾看了看那名幻獸，再看看少年。

然後他一轉身，背對著少年躺了下來。

少年瞪大眼睛，啞口無言的望著他，同時，整間教室的學生們都竊笑起來。

「那、那個……羊角先生……」

「麻煩，要我出手，就用你的『意志』，命令我。」諾爾享受著從落地窗灑進來的陽光，懶洋洋地說。

少年完全傻在了原地。

「命令他。」年長人類在旁冷冷催促。

「可、可是……」少年不安地看了看四周，最後走到諾爾身旁。

「拜託了，羊角先生，這事關我的期中考成績！」他蹲了下來，雙手合十，可憐兮兮地懇求。

諾爾瞄了少年一眼，閉上眼睛繼續晒他的太陽。

「……」

「哈哈哈，我就說嘛，這傢伙怎麼可能召喚出什麼厲害的幻獸？」

「連命令一隻羊的意志都沒有，遜斃了！」

其實看在少年這麼有誠意的分上，諾爾並不打算刁難。只要他能感受到少年的「意志」，他就願意幫忙。

可是直到最後，他都沒有接收到少年的意志。

一個召喚師必須具備兩種最基本的力量——魔力與意志。召喚幻獸需要運用魔力，每當幻獸跨過門前來時，門就會依據幻獸的實力從召喚師身上汲取相應的魔力。而當幻獸來到人間界後，爲了讓幻獸服從，召喚師必須用意志驅動刻在他們身上的契文。契文就像是束縛幻獸的項圈，當契文被發動，幻獸就必須依照召喚師的命令行事，召喚師的信念與決心越是堅定，便越能操控強大的幻獸。沒有魔力就召喚不出幻獸，缺乏意志就會被幻獸反撲，這是所有召喚師與幻獸都明白的道理。

當然，並不是所有幻獸都會考驗召喚師的意志，大部分的幻獸通常都是一越過門就按召喚師的指令沒頭沒腦地痛毆對手一頓，只有少數幻獸——譬如龍這種高傲的幻獸——才會特地考驗召喚師的意志，以確認對方夠不夠格命令自己。

不巧的是，諾爾也是那少數幻獸之一。他討厭勞動，不喜歡做沒意義的事，所以要是召喚他出來的人沒能力驅動契文，他也樂得省事。召喚協會只規定一定要穿越門，並沒有規定一定要服從召喚師的命令。

諾爾見識過很多人的意志，有些人確實有能耐強迫他，但大部分的人都沒有意志堅強到可以驅動他的契文。

這就是爲什麼沒人喜歡召喚到諾爾的原因。對召喚師來說，召喚到他簡直是抽到下下籤。

從他搞砸了一個少年的期中考來看，就可以知道他是個多糟糕的選擇。

考試結束後，諾爾本來想就此打道回府，但少年居然挽留了他。

以往絕大多數的召喚師都巴不得他趕快滾，這個少年卻捨不得他走，要求他多留一會兒。

他忍不住開始懷疑少年是不是有病。

「因爲你、你是我第一個召喚出來的人形幻獸嘛！總覺得就這樣讓你回去有點可惜。對不對，伊娃？」少年轉頭徵求肩上那隻圓滾滾綠毛蟲的同意，毛蟲緩緩點了點頭，還動了動觸角。

「……」諾爾的神色更微妙了。

據他所知，讓幻獸長期停留在人間界的方法只有一種——將其收爲使魔。使魔是召喚師的助手，他們能夠隨意穿梭於人間與幻獸界，且不受召喚時效的限制，不像諾爾這種被召喚的幻獸，經過一定時間就會被強制送回幻獸界。不過做爲代價，使魔只能夠被與之締結契約的召喚師召喚。

「啊，這孩子是伊娃，我的使魔。」像是看穿了諾爾的想法，少年笑著介紹。

「我的名字叫奈西，你呢？」

「諾爾瑟斯。」他隨口回應，心思仍在那隻使魔身上。

「爲什麼？」諾爾看向少年，指了指綠毛蟲。「拿等級E的幻獸當使魔，會被笑。」

從剛剛下課後同學們的行爲就看得出來，他們一個個都嘲笑著奈西，說他是什麼「E級召喚師」、「毛毛蟲怪胎」，但奈西就像是習慣了似的，對他們的話完全不以爲意。

幻獸被分成六個等級，S是傳說等級、A級是強大優秀的幻獸、B級是能力中上、C級是普普通通、D級則是弱小劣等，譬如方才的灰色小鬼。而等級E是最糟糕也是最捉摸不定的等級。

E級是指「不具戰鬥能力」，這類幻獸沒有用以戰鬥的技能，但不見得就沒有用。有些人類將等級E的幻獸收爲使魔，有可能是爲了務農、做家事，也有可能是爲了處理各種生活上的瑣事。

但有一點諾爾還是知道的，對大部分的召喚師而言，使魔的強度等同於他們自身實力的展現，越是強大的使魔越能凸顯出召喚師的強大，對年輕一輩的召喚師而言更是如此，所以奈西被取笑也是無可厚非。

「因爲伊娃是我最要好的朋友啊。」面對這個直白的問題，奈西歪了歪頭，一臉困擾的回應。

「……」諾爾眞心覺得這個少年是異類了。

此刻他們走在校園裡的一條長廊上，這所學校的建築風格猶如中世紀城堡，建物全都是使用具有斑駁質感的石塊打造，從以羅馬柱支撐的長廊這裡望出去，可以看見擁有一大片綠地的庭院及各式各樣的幻獸。

諾爾曾聽說人間界有不少專門培育召喚師的學校，而這可以說是他第一次被召喚到學校裡。像他這樣的幻獸出現在此處並不是稀奇的事，但他感覺到附近許多人都有意無意地往這邊瞧了過來，就好像整個學校裡的人都認識奈西似的，這名少年大概是唯一一個用E級幻獸當使魔的學生。

「我住在學校附近，諾爾瑟斯先生你——」

「諾爾。」他糾正。也不知是誰為他取名字的，諾爾瑟斯聽起來就很拗口，他覺得不僅念起來麻煩，每次聽別人叫他都那麼拗口更煩，所以最後索性要求大家統一叫他諾爾，一氣呵成多簡單，他聽了也順心。

「呃，諾、諾爾。」奈西有些生澀和彆扭地喊道。「要不要來我們家喝杯茶？你是畜牧系幻獸對吧？我有很多事想請教你——」

說到這裡，像是想到了什麼一樣，奈西停頓了下，臉色逐漸發白。

「還是說這、這也要用意志命令？那樣的話，我……」

「不用。」諾爾討厭勞動，但一點也不討厭白吃白喝，只是他完全不明白這個少年為什麼要招待一個搞砸他期中考的兇手。

他忽然想到一個很糟糕的可能。

「你是不是想下毒？」

「……嗄？」這話讓奈西差點跌倒，他猛然回頭看向諾爾，只見諾爾面無表情的盯著他。「怎麼可能！我幹麼傷害幻獸！」

諾爾依然一臉懷疑，奈西只能無奈地解釋起來：「幻獸不聽話這種事我早就習慣了，不會因爲這點小事就下毒啦，雖然期中考考糟了確實很傷腦筋——」

「唉呀，這不是那個E級召喚師嗎？」

一句尖酸的嘲笑打斷了奈西的話，兩人循聲看過去，發現一群穿著召喚師袍的學生不知何時擋住了他們的去路，其中站在中間的那名學生個頭最爲高大，肩上停著一隻雄赳赳、氣昂昂的禿鷹。一看見那隻禿鷹，奈西肩上的毛蟲便縮了縮身子，爬到他的背後。

「聽說你搞砸了期中考，大家都在說你連一隻羊族幻獸都搞不定，該不會就是這隻吧？」大塊頭指向諾爾，其他人跟著大笑出聲。

「這傢伙一臉無神又想睡的樣子，看起來就超好控制的啊，反正是羊族，頂多也才D級吧，果然像你這種人就只配召喚E級幻獸。」

面對這番嘲諷，奈西苦笑了一下。「沒辦法嘛，我不喜歡用意志強迫幻獸。」

「你就是這樣才永遠考不過召喚師C級檢定。」另一個學生指著他輕蔑地說，奈西依舊只是苦笑，沒有任何表示。

爲了確保召喚時的安全，召喚師也有等級的劃分，C級召喚師只能召喚C級以下的幻獸，想召喚更高等的幻獸就必須參加檢定。雖然法律沒有規定禁止越級召喚，但通常不會有人這麼做，因爲越級召喚是有風險的。

當召喚門吸取不到足夠的魔力時，就會自動改爲吸取召喚師的生命力，而若沒有足夠的意志去控制幻獸，也會有被反撲的危險。因此，參加檢定能夠讓召喚師確定自己實力的底線，同時也是一種保命機制。

「明明是D級卻被稱爲E級召喚師，果然不是沒有原因的。聽說你還拿E級去考試對吧？你到底有多愛E級啊？使魔E級，考試也用E級，我看這隻羊八成也是E級吧。」一位帶著貓妖的學生不屑地瞄了奈西的毛蟲與諾爾一眼，他的貓妖也高傲地抬起頭。

「沒辦法了，就讓你見識一下B級召喚師的強大吧。」大塊頭拍了拍肩上的禿鷹。「去吧，吃蟲的時間到嘍。」

此話一出，奈西的臉色頓時變得慘白，眼看對方的禿鷹高興地振翅飛過來，他馬上一把抓住諾爾的手準備開溜，但諾爾卻定在原地。

諾爾單手抓住飛過來的禿鷹，像是獵人捉住垂死的鴨子一般，不顧禿鷹的激烈掙扎，牢牢地抓著脖子。

「欺負弱小，不是好的行爲。」他伸長了手，與不斷用翅膀拍打他的禿鷹拉開距離，偏了偏頭，不太苟同地對大塊頭說。

這個舉動激怒了對方，大塊頭氣得臉色漲紅，咬了咬牙，指著諾爾和奈西大喊：「攻擊他們！」

他的跟班們很聽話的紛紛拿出自己的召喚法具吟唱起咒語，諾爾蹙起眉頭，低聲抱怨了一句，乾脆地放開禿鷹並轉身背起奈西，拔腿朝旁邊高聳的石磚牆衝去。

「欸……欸？」莫名其妙被背起來的奈西還未從驚嚇中回過神，就發現自己即將撞上牆壁，於是嚇得大叫：「放、放開我！要撞上了啊啊！」

「抓緊。」

諾爾丟下這句話，接著腳往石磚牆一踩，朝上一躍，輕巧地在牆面上跳來跳去。他的每一腳都踏在石磚牆微微凹陷或凸起的地方，很快便跳上頂端，霎時一片廣闊的景色出現在眼前。

他們站在高牆上，俯視著底下一望無際、有著中世紀風格的城市，不超過兩層樓高的房屋密集地豎立於街道兩側，屋瓦磚紅、牆壁斑駁，兩排房屋中間僅僅隔著一條窄得可憐的街道。

對諾爾來說，這個景象早已不稀奇，但他始終無法習慣人類有如螻蟻般將自己關在這種狹小擁擠的居住環境。在這樣的地方住久了會悶出病來吧？他背上的少年肯定是悶到腦袋燒壞，才會如此特立獨行。

而可憐的奈西已經被諾爾的一連串舉動嚇得連話都說不清，只能緊摟著他的頸子，失了魂似的貼在他背後，伊娃則爬回奈西肩上，高興地抖了抖觸角。

「你家在哪？」諾爾搖了搖奈西。

「大、大概在那個方向……」奈西無力地舉起一隻手，指向某個方位。

諾爾點點頭，大步一躍，從高牆上跳了出去。

理所當然的，他背上的毛蟲召喚師又發出一陣慘叫。

過去，艾爾狄亞的同伴們常常會跟諾爾說些光怪陸離的被召喚經驗。因爲他們是畜牧型幻獸，所以戰鬥類的工作通常不會落到他們頭上，而做爲一隻幻獸版牲畜，人類召喚他們的原因五花八門，除了務農以外，摸毛、照顧小孩這種任務也經常出現，甚至還有人是爲了吃吃看幻獸牲畜跟一般牲畜有什麼不同而召喚。諾爾自己也做過不少奇怪的工作，但去召喚師家裡喝茶這種事倒還是第一次。

「所以呢？你的故鄉是艾爾狄亞對吧？那裡是個什麼樣的地方啊？」奈西將蘋果派端上桌，雙眼閃閃發光。

當終於抵達奈西家後，少年就像是終於得救似的露出感動的表情，一被放下就躲得遠遠的，可儘管如此還是向諾爾道了謝。

雖然諾爾覺得住在城市裡應該不會舒適到哪去，不過奈西家意外的洋溢著純樸的鄉村氣息。斑駁的米白色牆上攀滿了藤蔓，屋內的裝潢十分普通，跟一般農家沒兩樣，比較特別的是，到處都可以看見花草的蹤跡。

葡萄藤蔓從廚房的窗口蔓延進來，餐桌的桌腳與餐椅也被綠藤纏繞，家裡各個角落都擺放著種了花的盆栽，只是輕輕一嗅，就能聞到花朵的清香；雖然奈西的家不大，但外面還有一座迷你庭院，庭院裡更是栽滿了五顏六色的花花草草，院中擺了一組漂亮的桌椅，只是稍微環顧便能感受到這個家的主人對園藝的喜愛。

奈西家就彷彿自成一個小國家般，到處充滿著自然的氣息，屋內採光也很好，諾爾只看了幾眼便喜歡上這個地方，覺得自己並不介意再多來這裡幾次。

奈西要諾爾隨意坐之後便去廚房忙了，就像是想確認諾爾的飲食喜好一般，過沒多久他便端出一堆色香味俱佳的點心，其中也不乏人類不能吃的東西，譬如牧草與山楂。

看著奈西期待的樣子，諾爾暗自猜想少年應該是很好奇像他這種人形幻獸到底是吃人還是幻獸的食物。其實山羊是很雜食的，他什麼都吃，很餓的話，連地毯也可以拿來果腹。

如果有人召喚他只是爲了請他吃東西的話，天天被召喚倒也不是不行。

諾爾不動聲色的拿起一塊派吃了起來。奈西的手藝很好，他一邊嚼著派一邊想著，如果把這個派送給剛剛那個大塊頭，說不定就能因此平息一場紛爭。

感受到少年熱切的視線，諾爾這才想起奈西方才提出的問題。他思考了一下，總覺得不管怎麼回答都會讓奈西失望，因爲他的故鄉基本上跟人間界沒什麼差別。

「就是一座高聳的大山。」

「……哎？就這樣？」

諾爾點點頭。

「大部分的幻獸住在山腰，建築物都在山腳，大家聚會都去那裡。」

「那你呢？你住哪裡？」

「山崖旁。」他抓了一把牧草，慢條斯理地啃著。「也是在山腰附近，我不能離大家太遠。」

「為什麼？」

「因為有狼。」

聽了這含意不清的回答，奈西忍不住笑了。「你也會怕狼啊，我以為你什麼都不怕。」

諾爾聳聳肩，一口吞下牧草，拿了一塊蛋糕繼續吃。

奈西看著他的目光就彷彿在觀察一隻小動物，見他毫不猶豫地把滿是巧克力的蛋糕吃下去時，頓時露出有些驚訝的神色。

發現諾爾吃得津津有味（儘管從他的表情看不出來），於是奈西拿了一片夾著紅寶石色果肉的長方形餅乾遞到他面前。

「要吃吃看嗎？說不定你會喜歡？」奈西笑著問。

諾爾低頭咬了一口奈西手上的餅乾，眼睛瞬間微微睜大，很快又咬了第二口。

奈西看著這隻完全沒想過要自己接過去吃的山羊幻獸，忍不住苦笑，他就這樣伸直著手，盯著諾爾一口一口把自己手上的餅乾吃完。

他記得以前曾經餵食過農家飼養的羊，確實就是這副德性。

當奈西的手空了以後，諾爾還看著他，明明餅乾就在伸手可及之處。

「……」他默默地再拿了一片，餵食眼前的山羊。

「有沒有人說過你有點懶惰？」

「有人願意餵我，爲什麼要自己動手？」

「……」

第二章

儘管諾爾對奈西頗爲滿意，在返回幻獸界之前仍沒有把自己的契文交出。契文是很重要的東西，他不能因爲一頓飯就輕易把自己賣掉。

不過，他能從奈西的態度看出這個人對幻獸的喜愛，想了解幻獸的人不少，可這麼熱情的人他還是第一次遇到。雖然再度被同一人召喚到的機會渺茫，但或許他可以在艾爾狄亞收集幾個有趣的故事，以便有理由再跟奈西蹭飯吃。

很幸運的，或者說很不幸的，諾爾才回到幻獸界沒多久便遇上麻煩。當他正打算躺到草地上呼呼大睡時，一陣悠長的號角聲讓他打消了念頭。

那是「狼來了」的警告。

諾爾站起身，向來無神的眼睛變得有神了點，他跳到樹上，仔細傾聽著號角聲以判斷來源。

儘管他在家鄉成天睡覺，面對任何事總是一副懶得理會的樣子，但並沒有人因此討厭他。

因爲大家都知道，諾爾負責的是最麻煩的工作。

就如諾爾對奈西所說，艾爾狄亞是座巨大的高山，從山頂到山腳都是他們畜牧型幻獸的家，只是這片藍天綠地太過廣闊，幻獸們的居所相當分散，有時候可能走十幾分鐘才會看見一戶人家，而山下的幻獸則都聚居在一起。

諾爾喜歡艾爾狄亞未受一絲汙染的自然風景，也喜歡純良的居民們。這個地方乍看之下跟人間界的高山生態沒什麼兩樣，唯一不同的是——這裡沒有那麼和平。

因為他們是幻獸。

人類不會捕食同類，但幻獸會。對幻獸來說，被其他幻獸吃掉是很平常的事，尤其是像他們這種沒什麼自保能力的畜牧型幻獸。

所以艾爾狄亞需要諾爾這樣的角色存在，發現了危險的號角手正在呼喚他。他在草地上狂奔，所幸號角的聲音距離不遠，他很快便抵達了目的地。

一名揚著骨翼、舉著長槍，身著破爛華服的骷髏飛人正揮舞著他的武器攻擊一隻白色山羊，白山羊緊咬著他的腳，即使身上被劃下了不少傷痕也不肯鬆口。

吹號角討救兵的土撥鼠一見諾爾趕到便鑽回土裡。他們無所不在，因此大多數的號角手都是由土撥鼠擔任。

諾爾傾身向前一衝，朝骷髏飛人的頭一個俐落的飛踢，骷髏飛人瞬間頭身分家。這個突發狀況讓纏鬥的雙方都停下動作，白山羊鬆口退到諾爾身後，骷髏飛人也收手去撿他的頭。

諾爾有些納悶地看著骷髏飛人，這次的敵人跟以往不一樣，以前來捕食居民的都是些腦滿腸肥的幻獸，但這次卻是看起來根本不需要進食的骷髏。當他還在思考時，骷髏已經裝回他的頭再度走來，空洞的眼窩裡燃著不懷好意的火焰。

諾爾握緊拳頭，一對眉毛豎了起來，露出尖牙，綠色的眼瞳也綻放出妖異的光芒，一陣不祥的黑色煙霧從他的身後湧現，緩緩纏繞上整個身軀，將他籠罩起來。

「離開這裡。」

黑煙裡傳出不似人類的沙啞低吼，巨大幻獸的輪廓隱約浮現，接著一隻黑蹄率先從霧中踏出，然後是一對巨大的羊角，一隻外形是羊的幻獸就這樣走了出來。

他擁有將近兩尺高的身軀，高大強壯得宛若羊中之王，一身毛皮黑得發亮，全身上下只有胸前那撮蓬鬆的毛是白色，散發出來的氣勢徹底壓過了骷髏飛人。

「滾回你的深淵去，骷髏。」諾爾沉聲警告。

「艾爾狄亞的守護者。」骷髏飛人啐了一聲，拍了拍骨翼，飛到空中。「沒差，反正我們的目的已經達到了。」

「別讓他跑了！」一旁的白色山羊跺了跺腳，氣憤地大喊。「他們抓走了赫拉克莉絲！」

「……克莉絲？」

「哈哈哈，我的同伴們早已把她帶回深淵，那隻羊是我們的了！」骷髏飛人仰天大笑，得意地用力一拍翅膀，轉身揚長而去。

諾爾無奈地長嘆一聲，想念起草地的芳香與陽光的溫暖。

看樣子他暫時無法享受悠閒了。

赫拉克莉絲，羊族中的特殊幻獸。雖然等級只有E，卻被人類譽爲最想召喚的幻獸之一，因爲她是瀕臨絕種的特殊羊族，人稱「金羊赫拉克莉絲」。

她的羊毛是幾近百分之百的純金，十分的細緻柔軟，只要刮取一次就能獲得無上的財富。傳說以金羊毛織成的布料多半只有人類王族擁有，而那些偶然流到市面上的純金羊毛在拍賣會上更是天價。

當然，如果金羊能輕易召喚出來，那她的羊毛也不會如此珍貴了。眞正能夠召喚赫拉克莉絲的人很少，除了因爲她的契文只在權貴間流傳外，還有另一個原因。

她是少見的「特殊召喚」幻獸。

所謂的召喚便是付出魔力，召來幻獸。但特殊召喚不同，除了付出魔力外，還必須滿足一個特別條件才能召喚出對象幻獸。這個條件因幻獸而異，有的魔族幻獸必須獻上大量的雞血與祭品才接受召喚，有的S級幻獸會令召喚師付出自身的性命，而金羊的召喚附加條件是「先召喚出金羊所指定的幻獸」。

金羊可以指定任何幻獸做爲接受召喚的附加條件，但必須得到該名幻獸的同意。通常他們都會盡量指定足夠強大的幻獸，提高召喚的門檻，以保護自身。

無奈的是，並不是所有金羊都能夠找到強而有力的幫手，一旦守護金羊的幻獸失去戰鬥能力，金羊就只有成爲待宰羔羊的份。

在被人類統治了千年後，如今金羊只剩寥寥數隻，大部分都已淪爲權貴的玩物與貢品，赫拉克莉絲是諾爾所知唯一一隻仍自由生活在幻獸界的金羊。她住在艾爾狄亞的高山上，指定了一名A級幻獸，照理來說應該挺安全的，他不明白爲何會發生這種事。

要找回赫拉克莉絲，就必須前往魔族的領地——深淵，完全不用細想就知道肯定會遇到很多麻煩。但身爲艾爾狄亞的守護者，諾爾只有前去營救這個選擇。

他忽然很懷念奈西的家，那個擺滿了香噴噴的美食、充滿了花朵芬芳的家。他有點後悔沒把契文交給奈西了。

他想到之前奈西趴在他背上時一副快嚇死的樣子，也許對人類來說，坐騎是人形並不是什麼舒適的體驗，如果還有機會再見面，讓奈西騎看看現在的幻獸形態或許會好一點。

諾爾並不常保持這個形態，對他而言，自己的幻獸外形只有看起來比較恐怖以及跑得比較快這兩個優點而已。而且這個身子太大，沒辦法好好品嘗精緻的美食。

他邁開有力的蹄子不斷狂奔，幾乎踏過每一處，此刻他已經下了山，身處艾爾狄亞附近的森林裡。他並沒有刻意去追方才的骷髏飛人，因爲他早就知道對方會去什麼地方。

就是這裡。

諾爾站在林中的一座小湖前，恢復了人形，望著眼前映著月亮的湖泊。

深淵是個難以形容的地域，有人說它位於世界的盡頭，也有人說它位於地心，而實際上到底在哪，恐怕連魔族也不清楚，因為他們從來不用正常方式移動到其他地方。

魔族就像蟑螂一樣無孔不入，因為世界各地皆有源自深淵的通道。每條通道都有自己的通關密語，諾爾目前所在的地點正是其中一條通道的入口，當初是菲特納跟蹤魔族來到此處時發現的，他記得菲特納說過，這裡的通關密語是……

「從前有個魔族被召喚師的襪子臭死。」

就像將一顆石子投入水中，水中明月的倒影頓時模糊起來，整座湖開始發光，諾爾深吸一口氣，跳進了湖中。

水裡並沒有預料中的那麼冰冷，當他睜開雙眼時，發覺自己已經站在一條無人的街道上。

這條街道彷彿失了色彩，從建築物到馬路都顯得黯淡褪色，路燈也不穩地閃爍著，彷彿下一秒就會熄滅。這裡就像荒廢了幾百年的鬼城，完全感覺不到生命的氣息，只有溼冷的白霧瀰漫著。

面對如此情景，諾爾感到有些茫然。這是他第一次來到深淵，這個地方比想像中更加荒涼詭異，讓他一時不知該從哪裡找起。

「有什麼是我能替你效勞的嗎？這位羊角先生？」一個溫潤有禮的男聲從身後傳來，諾爾回頭看去。

一名騎著高大的黑色駿馬，佩帶著寶劍，身著發亮的黑色鎧甲，頸部以上空空如也，抱著全罩式頭盔的騎士站在他身後。

不會錯的。

擁有這種外貌的僅有一人，S級幻獸——無頭爵士勒格安斯。

這是諾爾初次遇見S級幻獸，不知怎麼的，他覺得眼前的無頭爵士並沒有人類的教科書上說得那麼可怕。雖然書中的圖片確實繪製得很傳神，但實際見到本人卻不覺得壓迫，或許是因爲他彬彬有禮的態度。

「我迷路了。」諾爾老實回答。

無頭騎士沉默了一下，忍不住輕笑出聲。

「不小心闖入了深淵？」

諾爾搖搖頭。「我來找人。」

「你的魔族朋友？」

「我的同類。」

「這樣啊……」無頭爵士悠悠長嘆一聲，與此同時，令人不寒而慄的氣息驟然從他身上散發而出，映在燈光下的巨大黑影彷彿有生命一般在地上延展開來，爬到了諾爾身邊，猶如蛇一般不懷好意地吐著細舌包圍住他。

諾爾現在反而覺得本人比書上的模樣更恐怖了。

那是一種無法用筆墨描繪出來的感受，此刻的他就好像被蛛網纏住的獵物，只能無助地等待捕食者將自己吞噬殆盡。無頭爵士猶如噩夢之源，足以勾起每個人內心最深處的恐懼。

「迷途的羔羊闖入這裡，只有被吃掉一途……很遺憾，你的生命到此爲止了。」

「嗯。」

「……你想逃可以儘管逃，我不會阻止你的，哈哈哈……」

「算了吧。」

「……」

黑影停止蔓延了。

「你可以表現得害怕一點嗎？」

諾爾蹙眉看著勒格安斯，心想，這人怎麼這麼麻煩？

「我好怕。」不過最後他還是妥協了，面無表情、語調毫無起伏的說。

兩人無言的互看了一會兒，最後無頭爵士忍不住率先爆粗口：「我他媽的要殺掉你了耶！真的要殺掉你了喔！你這傢伙怎麼還這麼冷靜啊！」

勒格安斯氣呼呼的指著諾爾，策馬繞到他前方。

「我可是S級幻獸，無頭爵士勒格安斯！人類小孩的噩夢、召喚師們的夢想！你就不能表現得再恐懼一點嗎？野生的S級幻獸出現在你眼前了耶！」

「嗯，是很驚訝。」

「看起來一點也不啊！而且都這種距離了還不逃是什麼意思啊！正常幻獸不是都會逃嗎？」

「反正不可能逃得了，所以幹麼逃？浪費力氣。」

「……這是死到臨頭的人會說的話嗎？」

「我是羊，被吃掉沒什麼好意外的。」

兩人再度無言的互看了一會兒。

「所以我才討厭你們這些中級幻獸！」最後又是勒格安斯先開口了。他激動地將寶劍指向諾爾，氣憤難當地一口氣將所有積怨宣洩而出：「常被召喚很了不起嗎？只不過是被召喚的次數多了點就囂張起來了啊！反正你們這些中級幻獸是不會理解我們這種生活毫無刺激的S級幻獸的心情的！」

諾爾聳聳肩，默認。

「你這個混蛋！我就一刀砍了你的頭，看你還能不能那麼囂張——」

「等一下。」諾爾伸手制止暴怒的無頭爵士，抬起下巴示意了下旁邊浮現的一道門。「我先去做個任務，回來再讓你殺。」

「我去你的！」

這次諾爾沒有再被召喚到學院，當他跨過門時，出現在眼前的是熟悉的田園風景。理所當然的，他又去考驗人家的意志，而這名召喚師很不幸的挑戰失敗了，沒過多久就氣呼呼的把他送回去。

沒想到當他回去的時候，無頭爵士眞的還待在那裡。勒格安斯已經下了馬，老大不爽的盤腿坐在地上，放在膝蓋上的雙手不耐地點著手指，被置於兩腿中間的那顆頭一看見諾爾回來，便激動地彈了起來。

「混帳！居然讓我等這麼久！」勒格安斯猛然站起身朝諾爾走過去，一把揪住他的衣領。「反正你又去做了些好玩的任務對吧！可惡！」

「你把召喚想得太美好了。」諾爾拍拍勒格安斯的手要他鬆開，對方居然也眞的照做了。諾爾十分冷靜的從勒格安斯身邊走過，抱起那顆被遺忘在地上的頭，回來交給勒格安斯。「十次裡有九次，都是無聊的任務。」

「……眞的嗎？」無頭爵士的肩膀垮了下來，手上的頭也彷彿落寞地垂下。

諾爾點點頭，但很快便想到了遇見奈西的事。「不過也有很不錯的任務。」

「例如？」

「上次有人召喚我，只是爲了請我吃東西。」雖然除此之外好像還有其他原因，不過算了，這對他來說不重要。

無頭爵士挫敗地跪坐在地上，他的馬憐憫地舉起一隻蹄子搭在他肩上，諾爾也很有同情心的跟著做了。

「不公平……爲什麼沒人這樣對我……」

「因爲你是S級幻獸。」

如果有哪個人類召喚師特地召喚S級幻獸，就只爲了請他吃東西，那麼那傢伙不是魔力太多就是白痴。

也不知怎麼搞的，諾爾的危機就這樣莫名其妙解除了，但距離營救金羊這個目標卻更遠了，因爲他必須安慰這名S級幻獸。

他完全不明白自己爲何會再度來到酒館裡，當無頭爵士要他跟著走時，他以爲這傢伙是好心要帶他去找金羊，結果居然是要去酒館。深淵的酒館看起來跟艾爾狄亞的沒什麼差別，除了裡面都是魔族以外，果然酒館無國界。

「其實我很喜歡人間界。」無頭爵士一口乾了整整一杯啤酒（正確來說，是直接把酒水倒進他深不見底的盔甲裡，他的頭則被放在桌上，這讓諾爾很懷疑他究竟嚐不嚐得到味道），悲情無比地說：「但我所知道的人間界幾乎都是在書上看到的。人類很少召喚我，就算難得被召喚，也永遠都有討厭的敵人等著我去解決，更可惡的是，好不容易解決後，那些召喚師總是急著送我回來，連一分鐘的觀光時間都不給我！」

「召喚你很耗魔力。」

「我知道……我知道啊！」無頭爵士搥了一下桌子，像是在強忍想哭的衝動似的，肩膀顫抖起來。「我又不會試圖反抗召喚師的意志，他們要我做的事我也會盡量完成，但為什麼就是連一點自由也不給我！而且每次我出場時，戰鬥通常都已經快結束了，三百年前的那場戰爭就是這樣！他媽的不管是為了什麼打仗、我到底在哪裡、整場戰爭的前因後果，都沒有人要告訴我，他們唯一會說的就只有要我去攻擊誰，反正我什麼也不需要知道，打就對了。混帳！當我是免洗士兵嗎！」

諾爾拍拍他的肩，聊表安慰。

「我聽說人間界是個沒有深淵通道的地方，這不是很不可思議嗎？想去任何地方都得徒步前往或是搭乘交通工具，沒有捷徑。而且他們都住在一起，所以領地不可思議的大，甚至還出現了學院這種東西，學院耶！人類居然還要聚在一起學習謀生能力！」

諾爾明白無頭爵士為何會這麼驚訝，他們幻獸多半生來就具備生存能力，活下去對他們來說是本能，自然無法理解爲什麼人類還要特地學習。事實上，艾爾狄亞也有所謂的學校，但那只是爲想學習更多知識的幻獸設立的，並沒有強制性。

「你知道召喚師學校嗎？」諾爾看著酒杯裡自己的倒影，開口問道。

「知道啊，說起培育召喚師的學校，最有名的就是貝卡帝國首都的國家召喚師學院了，貝卡是召喚師的國度，所有有名的召喚師都出身自那裡。」

諾爾想起那天被奈西召喚時所看見的景色，看樣子那個少年有很高的機率是就讀那所學校。不知怎麼的，他有點在意奈西，不單是因爲他的烹飪手藝，也是因爲他在奈西身上感受到一種違和。

奈西面對其他人的嘲諷總是一笑置之，遇見麻煩也以逃避爲上策，而諾爾從他人口中得知奈西是D級召喚師，但諾爾知道，奈西的實力絕對不只D級。

每個召喚師在任務完成後都會急著把勒格安斯送回去，這不是沒有原因的。幻獸停留在人間界的時間越長，召喚師所消耗的魔力就越多，雖然跟召喚時消耗的魔力比起來，讓幻獸停留所付出的魔力要少得多，但召喚出的幻獸等級越高，停留所需的魔力也越多。

只有使魔不需要爲了停留而令召喚師付出魔力，但不會有人因此拿S級幻獸當使魔，因爲讓幻獸穿越門還是需要付出魔力的，如果放任他們隨時隨地穿越，不出幾天召喚師就會虛脫身亡。

且不提S級幻獸這種犯規的存在，做為一個看似普通的召喚師，奈西居然能夠輕易地召喚出他這隻B級幻獸，還讓他停留在人間界好幾個小時，一直到他回去之前，奈西也沒有顯露出半點疲態。

這點奈西自己不可能沒有意識到，但他並未讓任何人知道這件事，依然任由其他人嘲笑自己，當他的「E級召喚師」。

「怎麼了，有在意的召喚師？」勒格安斯沒好氣地說。「喜歡的話就去當人家的使魔啊！反正你們消耗的魔力這麼少，隨便找都有人願意當你們的主人。」

此話一出，諾爾察覺到許多帶著怒意的目光朝他們這邊看來，但沒有一隻幻獸敢出聲。這番話確實頗瞧不起其他幻獸，不過諾爾知道勒格安斯沒有這個意思，高階幻獸有高階幻獸的難處，否則這傢伙就不會特地拉他來喝悶酒了。

「我不會當使魔。」他搖搖頭。「故鄉需要我。」

況且這聽起來就很麻煩，二十四小時當別人的助手？光是想像他就胃痛。

「我該走了。」覺得無頭爵士的氣應該已經消得差不多了，於是諾爾站起身準備告別。

「等等！才喝沒多久不是嗎？留下來嘛。」勒格安斯一把攬住他的頸子，再度逼他坐下來。

「……」

「你是第一個可以心平氣和聽完我抱怨的幻獸啊！不要走嗚嗚嗚……」

似乎是喝醉了，被放在桌上的頭盔嗚咽起來，那副堅硬的鎧甲也緊緊抱住諾爾，整個人賴在他身上。「那些低等幻獸聽著聽著總是發起火來，同級幻獸聽了也只會說我是神經病，只有你會耐心聽我說完，還安慰我……」

「放開。」

「不要！就算這時門出現我也不會放開你的！要走一起走！」

「……召喚師會死。」

本來只是想叫隻羊出來務農，卻不小心把曾拯救國家的傳說級幻獸召喚出來，沒有比這更哀小的事了吧？但此刻勒格安斯顯然沒打算管這些。

「才不會呢，你走了我才會死……嗚嗚嗚……」

「……」

花了整天的時間陪S級大爺喝酒的後果就是，諾爾很罕見的醉了。他喝酒總是很節制，不會喝到像菲特納那樣落得神智不清的窘態，但他無論如何都拒絕不了勒格安斯的灌酒。在這種狀態下根本不可能去救金羊，他本想休息一下，等酒醒了再說，無奈的是幻獸沒有獸權，當他打算休息時又被召喚了。

他並不是會酒後亂性的類型，事實上他醉與沒醉差不了多少，因爲他醉了之後只會更想睡。所以當他被召喚後，召喚師第一眼就看見他躺在地上睡覺，而且還是躺棺材式的睡法。

諾爾感覺到似乎有許多目光聚焦在自己身上，不過他並不介意，反正這也不是第一次了。

「喂，這不是上次奈西召喚的那隻羊嗎？」

聽見熟悉的名字，諾爾睜開了雙眼，見到一群穿著召喚師袍的學生圍繞在自己身旁，有的厭惡、有的無言的看著他，其中一個還是上次那個帶著禿鷹的大塊頭。

他坐起身來，打了個大呵欠。

「你這隻笨羊，還不快起來！這些東西給你拿。」大塊頭指著他們旁邊那一大堆疊得跟山一樣高的書，看樣子這次的任務是運貨了。基本上這種任務都是馬在做的，但就是有笨蛋會想不開叫羊來做。

諾爾站了起來，搖搖晃晃地往貨物的反方向走。

「喂！你想放著這些東西去哪裡！」

「要就命令我。」

「……」

諾爾感覺到刻在手臂上的契文傳來些許熱度，但對他而言還是太微弱了。他打開教室的門，大塊頭氣急敗壞的叫囂在身後響起，他選擇無視並關上門，扶著牆壁步履蹣跚地行走，然後隨手抓了一個學生詢問：「奈西在哪？」

「你說什麼？」

對方嫌惡的語氣引起了他的注意，眼前的少年與奈西年齡相仿，有著一頭梳得整整齊齊的銀髮，一對銳利如鷹的眼，他的召喚師袍彷彿熨燙過一般服貼在身上，潔白襯衫的扣子扣到最高，顯然是個一絲不苟的完美主義者。

「奈西？你是奈西的召喚獸？」他一把拍開諾爾放在自己肩上的手，目露凶光。「幾級？叫什麼名字？」

「……B級，諾爾瑟斯。」

「我就知道！」少年怒斥一聲，雙拳握得死緊，像是見到仇人似的瞪著諾爾。「明明就能召喚B級，每次在課堂上卻都給我裝弱召喚低等幻獸！」

少年一把抓住諾爾的手臂，強硬地拉著他走出教室。「總算被我逮到！這回你逃不了了，奈西！」

諾爾停下腳步。

「幹麼？還不快走！不是要找你的主人嗎？」

「你會欺負奈西嗎？」

少年斜眼瞄了他一下，哼了一聲鬆開手，雙手環抱在胸前，姿態趾高氣昂。「如果我說會呢？」他挑釁地笑了。「要跟我決鬥嗎？奈西的召喚獸。」

彷彿等待了這一刻許久，原本略顯拘謹的少年拋開了矜持，因爲這場可能來臨的戰鬥而燃起鬥志。說完這番話的同時，他的腳下自動浮現一個召喚陣，一隻體型跟人類差不多，渾身布滿墨綠色鱗片，揚著一對蝠翼般的翅膀，有著一雙紅寶石色眼睛的龍出現在他身後。

那隻龍伸長了脖子，從少年身邊探出頭來對諾爾嘶吼，看來是少年的使魔。

召喚龍族對意志力與魔力的要求都很高，因爲他們是最難駕馭的種族之一，不只召喚師，就連幻獸們也知道龍族不是一般召喚師能召喚的，即使是最弱小的龍，若沒有一定的實力，也不可能輕易召喚出來。這名少年能將這隻應該仍在成長期的龍收爲使魔，不用說，他的實力肯定非同小可。

「讓我來，伊萊。」龍走了過來，像是想令諾爾更加恐懼似的，刻意在他身旁徘徊，並露出了森森獠牙。「這種三流幻獸，我三兩下就能解決。」

「別大意，他是那個奈西的召喚獸。」

眼看似乎無法避免衝突，諾爾嘆了口氣，伸直手臂，掌心朝下，準備進入戰鬥模式。

「住手！」一個驚慌的呼喊聲從走廊另一端傳來，聲音的主人正是奈西。他慌忙地跑過來，張開雙臂擋在諾爾身前。

「你在做什麼，伊萊！諾爾只是隻羊啊！不要對他出手！」

「你不要以爲這樣就能敷衍過去，就算是羊也有B級！跟我決鬥！」

「我不是說過很多次不要了嗎！況且諾爾頂多也才C——欸？B？B？」奈西驚叫出聲，猛然轉身看向諾爾，臉色慘白起來。

「你，B級？」他指著諾爾，顫抖著聲音問。

這個問題讓諾爾蹙起眉頭。從奈西的反應來看，這名少年似乎並不喜歡B級幻獸，如果他老實回答的話，或許會失去這張長期飯——咳，這個好召喚師。雖然他並不清楚奈西爲何會排斥B級幻獸，但眼下坦承應該不是個好選擇，尤其他現在醉了，很需要休息。

「是D。」爲了讓奈西更安心一點，諾爾將謊稱的層級又降了一階。

名爲伊萊的少年聽了，火冒三丈的瞪著他，眼睛幾乎快噴出火來。

「對、對嘛……哈哈哈，我就說嘛，我怎麼可能召喚B級幻獸出來呢？」奈西鬆了一口氣，傻笑著摸了摸後腦勺。

「他說謊！」伊萊憤怒地指控。「這傢伙說過他是B，別被他騙了！」

諾爾站在奈西身後，默默拉住他的衣角，低頭不語。

「伊萊，夠了。」覺得伊萊只是無理取鬧，奈西搖搖頭，臉別到一旁，迴避了他的目光。「我不會再召喚C級以上的幻獸了。」

伊萊的臉色一陣青一陣白，他握緊了拳頭，在原地死瞪著奈西良久，但直到最後，奈西都沒有再看他一眼。

「你這混蛋！你就永遠當你的E級召喚師好了！」伊萊以整條走廊上的人都聽得見的音量怒吼完，轉身大步離去。

在他走遠後，奈西才鬆了一口氣，苦笑著看向諾爾。「對不起，嚇到你了吧？伊萊沒有惡意，他只是一時氣昏頭，不會真的欺負低階幻獸的……」

「他是誰？」

「他是我們這個年級成績第一名的A級召喚師，伊萊．芬里爾，同時也是……我的青梅竹馬。」

「不知你有沒有聽過芬里爾這個姓氏？在這個國家，只要是姓芬里爾的，各個都是赫赫有名的召喚師，因爲他們家族在千年前的戰爭中擊敗了龍王，從此龍族便宣誓向芬里爾家效忠。芬里爾家代代都是龍族召喚師，並被王族重用，任命爲宮廷召喚師守護這個國家。」

奈西坐在樹蔭下，向躺在一旁閉目養神的諾爾說明。

「我跟伊萊的家只相隔幾條街，小時候常常玩在一起，我們都很喜歡召喚，總是在比誰召喚出的幻獸更強。後來我……因爲某些原因不再玩這種遊戲了，他也由於族內競爭激烈的關係，沒時間再出來玩，我們就這樣漸漸斷了聯絡，直到再度在這所學院相見。」

說到這位昔日好友，奈西的神情落寞起來。「他仍舊跟以前一樣，是個好勝心強、對召喚充滿熱情的人，也一直惦記著我們以前那些戰鬥。所以當初他看到我現在的狀況時大發雷霆，我讓他感到很失望。」

說到此處，奈西輕笑出聲，聲音裡充滿了苦澀。

「我本來就不是像他那樣的天才啊，我沒有那麼堅強的意志能令高傲強悍的龍族屈服，也不想讓任何幻獸進行戰鬥。但他就好像想把我拉回以前那個樣子似的，不斷地逼我跟他決鬥。」

不知是因爲溫暖的天氣，還是奈西溫和的聲音緩解了醉意，諾爾終於清醒點了。他睜開眼，看著從樹葉之間透下的陽光，緩緩問道：「爲什麼不肯戰鬥？」

奈西沒有回答。

諾爾翻了個身，變成趴在地上。他一手撐起頭，看著沉默的奈西。「爲什麼不召喚C級以上的幻獸？」

奈西依舊沒有回答，只是臉色變得更難看了一些。

「你怕高等幻獸？」

「有、有一點……」

雖然從奈西蒼白的神色來看，似乎不只是一點，但諾爾還是決定鼓勵他。

「不用害怕，因為……」他坐起身，輕輕抬起奈西的手，放到自己的黑色鬈髮上。「他們跟我一樣，喜歡被撫摸、喜歡吃甜食，沒什麼差別。」

奈西呆呆地看著諾爾，沉默了一會兒，帶著猶豫輕摸了下他的頭。謊報等級的黑羊舒服地瞇起眼，看起來似乎很享受。

見他這副模樣，奈西不禁笑了出來，方才憂傷不安的神情一掃而空。瞥見他的模樣，諾爾下定決心了。

「養我。」

「……什麼？」奈西一度懷疑自己聽錯。

「我很好養。常常餵食與撫摸就行。」

奈西此刻真的完全呆住了。這個比他高上十幾公分，外表比他成熟至少五歲以上的幻獸男子到底在說什麼？他需要時間消化。

而諾爾完全不覺得自己的發言有什麼問題。天底下找不到第二個會做點心給他吃、會摸他，而且不會因為他的懶散而發脾氣的召喚師了。再次被同一人召喚到的機率是很低的，他要趕在回去之前把這個飼主得到手。

「我會跟你說關於幻獸的故事。」他說。「例如金羊赫拉克莉絲跟無頭爵士勒格安斯。」

「真的嗎？」奈西的雙眼綻放出光彩，諾爾知道，幻獸的事最能夠吸引他。

比起務農、戰鬥，吃點東西講個故事就能完成任務，沒有比這更輕鬆的工作了。所以他點點頭，順便提醒奈西，他被回收的時間快到了。

「對喔！差點忘記你現在不是我召喚的……你又不聽別人的話了嗎？」奈西苦笑著摸摸諾爾的頭，諾爾高興地點點頭。

「這樣大概只能撐個半小時呢，怪不得你這麼急著休息。」

幻獸在被召喚出來的最初半個小時裡，是不會消耗召喚師的魔力的，但這段時間過後就必須使用者付費了。在召喚師支付魔力延長幻獸停留時間的情況下，協會規定最長停留時間是六小時，之後就會強制遣返。當然，如果召喚師不滿意該名幻獸的話，也能在半小時內就把幻獸送回。

對此，諾爾忽然覺得那個大塊頭其實人還不錯，至少沒有馬上送他回去。

而爲了確保幻獸能有足夠的休息時間，如果同一名召喚師要連續召喚同一隻幻獸，須等待幻獸前一次停留在人間界的兩倍時間。也就是說，召喚了六小時，就必須等十二小時後才能再次召喚，召喚師們將這段時間稱爲「冷卻時間」。然而，召喚協會並沒有規定幻獸在冷卻期間不能被其他人召喚，所以諾爾覺得這條規定有跟沒有一樣。

「過來吧。」奈西拿起放在旁邊的魔導書，面向他翻到空白的一面。如同蓋手印似的，諾爾將手掌貼到空空如也的頁面上。

就像有一枝看不見的墨筆出現了一般，諾爾的身影開始被描繪在書頁上。頁面上的他站在那裡，一隻手往旁邊伸直，掌心朝下，手指像是要握住什麼一般圈起。眼看墨筆就要畫出那個「什麼」，諾爾突然感到有些緊張，連忙在內心制止。

不可思議的是，墨水真的聽話了，它跳過了這部分，只在下面寫了一行簡短的介紹，接著下方空白處浮現一排魔法的語言。這排字比介紹所用的字級大上許多，而且像是烙印上去的一樣，文字呈鐵紅色，還帶著點立體感，正是諾爾的契文。

大部分的召喚師都會隨身攜帶魔導書，將常用的幻獸契文收錄進去，以便隨時召喚。這是諾爾第一次在召喚師的魔導書上登錄契文，因此有種莫名的新鮮感。

猶如想歡迎他，始終趴在奈西肩上的伊娃順著奈西的手臂爬了下來，抬起頭看向他，抖了抖觸角。

這時，召喚陣浮現在腳下，諾爾知道，回去的時間到了。

「等等，諾爾。」在他準備穿門而過之際，看了魔導書的奈西連忙叫住他，愣愣地問：「你是艾爾狄亞的守護者？」

「……」他默默地跳進門裡。

第三章

回到幻獸界後沒多久，諾爾立即展開了行動。勒格安斯在離去前，表示他確實曾聽說這附近有人帶了頭金羊回來，於是他跳上屋頂在這一帶搜索，試圖尋找之前遇到的那名骷髏飛人。他記得那個種族成員數量滿多的，是魔族的基本組成幻獸之一。

深淵占地廣闊，跟人類的城鎮一樣，放眼望去都是老舊的中世紀風格建築，只不過全被詭異的白霧籠罩著，每間房子也都像幾百年沒住人一樣，看起來陰森森的，沉鬱的氛圍讓此處變成了名副其實的鬼城。

「喂——諾爾，諾爾瑟斯——」聽見下方有人在呼喚自己，諾爾低頭一看，一名長著狼耳的健壯男子正站在街道上朝他揮著手，是菲特納。

他大步一跳，輕巧地落在地面上，沉默地看著對方。他知道自己不用開口，菲特納很快就會主動解釋爲何會出現在這裡。

「我聽其他幻獸說，你爲了救赫拉克莉絲跑到深淵了，眞是的，怎麼不找我呢？我們不都是艾爾狄亞的守護者嗎？眞見外。」菲特納搖搖頭，顯然無法理解。

諾爾聳聳肩，不置可否。雖然有沒有菲特納都無所謂，不過多了一個幫手總是好的，菲特納跟他一樣是B級幻獸，實力不差。

「不過說起來，都已經過了這麼久，你怎麼還在這裡打轉？進度眞慢。」

「你知道的。」

他們幻獸就是背負著做任何事都可能會被中途打斷的宿命，大家都習慣了。諾爾並不怎麼擔心赫拉克莉絲會遭遇不測，因爲幾乎所有幻獸的行程都會被干擾，例如被綁架到一半先去做個任務，殺人殺到一半先停手做個任務，就算是跳樓自殺，在空中墜落到一半時，如果門出現了，也還是得先去完成任務再回來繼續。任何時候任何事情被迫中斷都不是什麼稀奇的事。

看著東張西望的菲特納，諾爾忽然想到一個很不錯的點子。

「克莉絲的味道，記得嗎？」

「噢，記得啊。美女的味道怎麼會不記得呢？」菲特納用帶著點猥瑣的表情嘿嘿一笑，往後退了一步。

他整個人開始變形，體表被無數冒出來的狼毛覆蓋，隨後四肢著地，化身成一隻跟諾爾的幻獸形態差不多大小的狼。

諾爾很自動地跳到他背上，調整了個舒服的姿勢坐下來。

「你這傢伙眞是一點都不肯讓自己吃虧啊。明明有腳不是嗎？」

諾爾無視菲特納的吐槽，逕自喊了一聲：「走。」

「……」

「我有了契約主。」

在他們（準確來說只有菲特納）尋找金羊的時候，大概是想開個話題，諾爾這麼說了。這句話讓菲特納嚇了一大跳，方才還在專心嗅聞地面的他猛然抬起頭，扭頭想要看向背上的諾爾，卻因爲脖子不夠長沒辦法做到，最後像個笨蛋似的開心地在原地轉圈。

「眞的假的？你這傢伙也有人要啊！這不是很棒嗎！」

諾爾點點頭。「會餵我吃東西、摸我，也不會發脾氣。」

「哪來這麼好的契約主？我也要！」

「下次帶你。」

「等一下。」菲特納停下腳步。「雖然我是說過可以兩人一起穿過門看看，但這對召喚師造成的負擔不小啊，你算是B級幻獸中魔力要求很高的，再加上我有沒有問題啊？要是不小心耗光召喚師的魔力就不好了。」

「應該不會。」諾爾想起自己上次待了四小時，離去之前奈西看起來沒有半點疲態。

「他很持久。」

「真的嗎？那兩個人一起上也沒問題嘍！好啊，我下次跟你一起去。」

「喲，這不是艾爾狄亞的畜生們嗎？」一個滿是輕蔑的聲音從上空傳來，一名生著蝙蝠翅膀的骷髏飛人不知何時來到了這裡，在他出聲的同時，附近其他數十名骷髏飛人也飛過來圍住他們。

「眞虧你們敢追到這，深淵可不是你們這種幻獸可以輕易進入的領域啊。」此話一出，其他骷髏都狂笑起來，興奮地叫囂著，揮舞著手上的武器鼓譟。

「吵死了！就是你們抓走了赫拉克莉絲對吧？把她交出來！」菲特納氣憤地朝他們吠了幾聲。

「這可不行，我們老大很中意她呢。」爲首的骷髏兩手一攤，莫可奈何地搖搖頭。「如果你們一定要她的話，只能請你們去死了。」

他舉起手指著諾爾和菲特納，向他的同伴們咆哮：「去吧，殺死他們！」霎時，滿天的骷髏都舉起自己的武器，士氣昂揚的高聲嘶吼著衝過去，但在諾爾站起來準備應戰時，天空忽然緩緩浮現好幾道白光，像是聚光燈一般投射向那些骷髏。

是召喚門。

「啊……那個……」被召喚門鎖定的骷髏們頓時喪失了戰意，停在空中尷尬地看向他們的老大。

「……」

「我、我們先去做個任務，很快就回來！」爲了逃避爲首那名骷髏的瞪視，骷髏們紛紛一溜煙跑進門裡，很快的，在場的骷髏飛人就只剩不到一半。

剩下的骷髏們與諾爾他們沉默的對視，接著，像是誰先回神誰先贏似的，菲特納突然高興地嚎叫：「抓人嘍！」

他像隻想要撲咬飛盤的狗一般，以後腳的力量在原地高高跳起，咬住離自己最近的一名骷髏飛人，接著拔腿就跑。

「喂、喂！抓住他們！」骷髏飛人首領用武器指著他們，激動地高聲尖叫。

「啊啊，骨頭的味道就是好，骷髏人，我可以！」菲特納有些含糊地說著意義不明的話，咬著骷髏在街上興奮地狂奔。「以後偶爾來深淵打打牙祭吧，諾爾！」

「你自己來，不奉陪。」諾爾瑟斯看了一眼從後方追上來的骷髏們，思考著接下來該怎麼做。菲特納的選擇是正確的，他們已經沒時間慢慢聞味道找人，抓個俘虜問路是最快的方法。

「放開我！放開我啊啊！你這隻噁心的狗！」

「老子是狼！」菲特納扭頭甩了甩咬在嘴裡的骷髏，令對方發出一陣淒厲的悲鳴。「快說，克莉絲在哪裡！」

「你、你以爲這樣我就會說了嗎——啊啊啊！」

面對這樣的情景，諾爾搖了搖頭。「讓我來。」

「喔好啊，喏，給你。」

「前面啊啊啊啊！」骷髏猛然發出驚天動地的慘叫，只見菲特納好死不死跑到一條死路，一堵高聳的石造圍牆近在眼前，再沒幾步就要撞上了。菲特納的臉色頓時變得慘白，在他準備用爪子抓住地面強行刹停時，諾爾從他身上躍了出去，一個迴旋踢重重踢向石牆。

石牆頓時粉碎，整個炸裂開來。

「嗷嗚！做得好，諾爾！」

菲特納興奮地吠了一聲，頭一甩把骷髏飛人往上拋去，諾爾踩著空中飛散的石塊，瞬間衝到骷髏飛人面前，一把將對方的頭扭下，再一腳踢飛身體。那一腳不知是踢得太到位，還是力道太強，骷髏飛人的骨頭瞬間四散開來，混著石塊一起落到地面上。

諾爾無視骷髏的慘烈哀嚎，抱著骷髏的頭重新回到菲特納身上。

「在哪？」他將這顆頭面向自己，面無表情的問。他知道這招雖然不會殺死骷髏，卻可以很有效地威脅他們，因爲他們事後要花很多時間把骨頭重組起來。

骷髏露出快哭的表情，卻仍沉默地進行最後抵抗。

「勸你不要挑戰諾爾的耐性，在艾爾狄亞，長輩們都會對小孩說『再吵就叫黑羊諾爾來踢你』，他的踢擊可是噩夢級的啊。」菲特納不懷好意地說。

「我眞正強的地方不在踢擊。」諾爾的臉貼到骷髏眼前，依舊是那副毫無情緒的模樣。「試試？」

他握緊了骷髏的頭，用力到像是要捏碎頭骨一般。頭部是所有骷髏人的弱點，只要頭碎了就會死。

「我說！我說！」果然這招效果拔群，骷髏立刻哭喪著臉大叫。

諾爾滿意地點點頭，將骷髏頭夾在腋下要他帶路。

有了倒楣的骷髏飛人帶領，他們沒多久就來到一棟陰森的巨大豪宅前。

「深淵的傢伙眞是各個都喜歡這種鬧鬼豪宅啊……喂！你確定是這裡沒錯吧！沒騙我們？」

「當當當然！我怎麼敢說謊啊！」骷髏嚇得聲音都顫抖著。「可、可以放開我了吧？已經到目的地了……」

諾爾聳聳肩，像是扔垃圾般隨手一丟，骷髏頭立即落在地上滾到一旁。

菲特納化爲人形扭了扭身子活動筋骨，不忘順便揶揄：「你這傢伙對不是自己同伴的人還眞狠啊，該不會就是這樣收服了新契約主的心吧？」

諾爾選擇默默地推開大門。

偌大的廳堂展現在眼前，屋內的景象就跟外觀一樣死氣沉沉，挑高的天花板垂著一座古老的水晶吊燈，從泛黃的壁紙與布滿灰塵的地板來看，就可以知道這裡早已沒有生人的氣息許久。

這座豪宅乍看之下跟鬼屋差不了多少，但有個地方令諾爾跟菲特納都無法不去在意，那就是空蕩蕩的廳堂正後方有一道約莫三層樓高的大門。這裡的一切設計彷彿是以那道門爲主，大門旁還有兩座氣派的樓梯。

「喂，那個門……」

「我知道。」

恐怕他們得去開那道門了，不過諾爾知道，一旦開了，他們大概凶多吉少。說到底他們也不過是B級幻獸，若對方是A級就頭大了，但即使如此，諾爾仍沒有停下腳步。

或許其他艾爾狄亞的居民會因此遲疑，但他們守護者已經習慣面對強者了，只要號角響起，他們就一定要趕往，因爲永遠都有更弱小的幻獸比他們更害怕，他們必須挺身而出。

一羊一狼走到大門前，抬頭看了一下十分具有壓迫感的門扉，接著彼此對望了一眼，點點頭，準備推開——

「抓住他們。」

一個冷靜的女聲從不遠處響起，他們警戒地環顧四周，沒想到腳下的地板突然往兩側打開，毫無心理準備的諾爾和菲特納頓時摔了下去。

「爾……諾爾……」

朦朧之中，諾爾聽見有人在輕聲呼喚自己，那聲音有如天使的豎琴被輕輕撫過一般，十分細柔悅耳。他認得這個聲音，於是緩緩睜開了雙眼。

金色的蹄子映入眼簾，他的目光往上一飄，見到一隻金色的羊。

那是隻非常漂亮的羊，她有一對新月般的羊角，昏暗的房間裡唯獨她散發著柔和的金色光芒，來源是那身細緻柔軟的金毛。金羊的體型與一般山羊無異，卻擁有在其他同類身上絕對看不到的一對羽翼。細長的金色翅翼在黑暗中伸展開來，猶如黑夜中的明燈，點亮了諾爾的視野。

「克莉絲。」諾爾非常冷靜地開口。他坐起身，朝她伸出手。「跟我回去。」

「你啊，也不想想自己現在在哪，回哪兒去呢？」赫拉克莉絲無奈地回應。

被她這麼一提醒，諾爾才發覺自己身處一座空蕩的洞穴，與克莉絲之間還隔著像是鐵條的東西。

「菲特納？」意識到自己被關了起來，他立即詢問好友的下落。

「在你隔壁呢，還沒醒。」

諾爾點點頭，再度朝她伸出手。

「救我。」他面無表情的說。

金羊無語的看著他。

「眞是的……你這傢伙還不懂嗎？」克莉絲遷怒似的嬌叱一聲，身上隨即綻放出耀眼無比的金光。

待金光消去，一名有著蓬鬆金色鬈髮的女子出現在諾爾眼前。她擁有姣好的身材，白皙的肌膚吹彈可破，一對會勾人的漂亮眼睛直直盯著他，粉嫩的唇瓣抿起。她穿著一襲貼身的一字領金色長袍，露出美麗的鎖骨與纖細的臂膀，金色羽翼從她的腰部伸出，如同蝴蝶結一般在身後垂下。

「是我下令把你們抓起來的啦，笨蛋！」有如在教訓一個不解風情的男人，她生氣地喊。「你幹麼追到這裡來啊！我又沒叫你們救我！」

面對她的反應，即使是一向淡定的諾爾也不禁愣住了。他沉默下來，試圖釐清情況，但想來想去都無法理解爲何克莉絲會這麼說，於是抬起頭：「爲什——」

話才說到一半，一道溫煦的陽光突然照射在他身上，兩人默默仰頭看向總是在微妙時機出現的召喚門。

諾爾只瞧了一眼，接著立刻低下頭重新看向克莉絲。「快速解釋一下。」

「什……這種事怎麼可能一下子就解釋得完！想也知道不可能吧！你這傢伙總是不懂女人心！」

「快。」

「你到底有沒有在聽我說話啊！就是因爲艾爾狄亞到處都是像你這種不解風情的男人，我才想離開！」

諾爾皺起眉頭，他實在不明白這句話的前因後果。「這跟我有什麼關係？」

「你——你這隻蠢羊！我最討厭你了啦！滾啦！去做你的任務！」

「那、那個……」一個聲音傳來，一顆同樣有著金毛的頭從門邊冒出。「我打擾到你們了嗎？」奈西尷尬地問。

因爲遲遲等不到諾爾，門裡又傳來像是爭吵的聲音，於是他忍不住跪下來，低頭窺探地面上的召喚門後究竟發生了什麼事。

「哎？好可愛喔！你的召喚師嗎？要不要下來讓姊姊抱抱？」一見到奈西，克莉絲立刻拋開方才的不快，露出心花怒放的表情朝他伸出手。

聽見這番話，奈西的臉紅了起來，顯得相當不知所措，他完全不清楚眼前的情況到底是怎麼回事。他的新召喚獸被關在一個像地牢的地方，牢門外還站著一個一身金燦的大美女，怎麼看都很不對勁。

「他是我的，不給妳。」似乎是對克莉絲先前的態度懷恨在心，諾爾制止。

「什麼？你的契約主嗎？到底爲什麼啊！我的契約主都是些腦滿腸肥、利慾薰心的傢伙，你的卻是一個看起來很好蹂躪的男孩子！B級了不起嗎！一身黑毛很厲害嗎？」赫拉克莉絲跺了跺腳，越說越氣。

「諾、諾爾，門快……」

眼看召喚門越縮越小，奈西臉色一白。他曾聽說拒絕接受召喚的幻獸會被契文施加極大的痛苦。

諾爾聞言，決定無視這隻歐斯底里的金羊，腿一蹬就躍過了召喚門。

見諾爾順利穿過門，奈西鬆了口氣，召喚門很快便消失不見。

「我是不是召喚得不是時候？」奈西忐忑不安地問。

「還好。」對幻獸而言，何時被召喚都不奇怪，諾爾已經很習慣了。

「可是你……你被關起來了對吧？你不是艾爾狄亞的守護者嗎？爲什麼他們要把你關起來？」奈西的臉色又蒼白起來。

「我在深淵。」

「欸？那裡不是魔族的領地嗎？你怎麼會跑到那去？」

「說來話長。」

一想到整件事的來龍去脈，他就覺得煩躁無比。他從來都搞不懂赫拉克莉絲在想什麼，只知道她是個很麻煩的女人。

於是，他決定先把這件事拋到一邊，反正克莉絲並不是心狠手辣的人，他確信自己和菲特納會沒事。被召喚時做召喚師命令的事，回家後再繼續做自己的事，幻獸們都早已習慣把自己的生活分成兩部分。

「我餓了。」在召喚師尚未提出要求前，諾爾就先自己要求了。他靠到奈西身上，撒嬌似的低語。「餵我。」

「我知道啦，這就要帶你回家了。」奈西苦笑著摸摸他的頭，其實目前爲止他還是不太習慣這麼做。「我想把你介紹給我的朋友們，可是現在會不會不是時候？你還在被囚禁當中……」

「不會，走。」諾爾推了推他。「那邊是那邊的事，這邊是這邊的事。」

諾爾都這麼說了，奈西也沒理由再顧慮什麼，反正來日方長，他有的是時間可以好好認識這隻幻獸。

奈西是在自家附近把諾爾召喚出來的，因此他們沒多久就回到家了，而諾爾很快注意到一個不太一樣的地方。

「你家什麼時候種了樹？」

諾爾仰頭看著那棵兩層樓高的大樹，以一棵蘋果樹來說，它高得不可思議，而且上半部幾乎癱在奈西家的屋頂上，就好像趴在那裡一樣，他確定上次來的時候沒這東西。

「哎？之前沒有嗎？」奈西錯愕地驚呼一聲，他看看諾爾，再看看那棵樹，然後想到了什麼，露出恍然大悟的表情。

「我想起來了，之前你來的時候小蘋果還在冷卻期間啦。」他摸摸後腦勺，無可奈何地笑了笑。「我也覺得家裡的樹一下子消失一下子出現很奇怪，一直想找第二棵樹人，但小蘋果說他只認識B級樹人，所以也沒辦法……」

「……你說你召喚他做什麼？」諾爾記得樹人的用途不是這樣。

「做什麼？當樹啊。」這會兒反倒是奈西露出困惑的表情，不解地看著諾爾。

「……」

從前聽聞樹人專門負責擊退侵入森林的敵人、適合用以威嚇對手與壓境的說法彷彿都是笑話一般，居然有人召喚樹人只是爲了讓他當樹。

「爲什麼不種一棵樹？」他用不可思議的眼神看向奈西，忍不住在他身上貼上「論魔力的無效利用」、「魔力太多的白痴」等標籤。

「因爲普通的樹不會陪我聊天，也不會幫我看家，在我夜裡想看星星時，也不會帶我到屋頂啊。」

「……」

「好了啦，別光站在這裡。來吧，大家都在等你。」奈西拉著諾爾的手，帶他走向那個園藝氣息濃厚的家。蘋果樹人靠在屋頂上，仔細瞧的話可以勉強看出粗壯的樹幹上有一張臉孔，但遠看很像只是三個碰巧出現的洞。這棵蘋果樹人一手叉在自己的主幹上，舉起布滿枝葉的另一手，隨興地向他們打了招呼。

「喲，奈西，回來了啊。這傢伙就是你說的新召喚獸嗎？」

奈西開心地點點頭。「嗯！他叫諾爾瑟斯，你們要好好相處喔。」

「眞難得你會帶一隻羊回來，終於連畜牧業也開始涉足了嗎？」

「沒有啦，他只是我偶然認識的朋友。」

面對這番調侃，奈西只能苦笑。他帶著諾爾來到後院，庭院裡跟之前一樣，空氣中瀰漫著花朵的清香，各個角落都布滿了花花草草，並沒有像樹人那種魚目混珠的存在。

可是當諾爾想重新把奈西視爲正常人時，奈西忽然喊了聲：「出來吧，大家。」

霎時，那些繁花綠葉中冒出一個個奇怪的東西，幾名戴著尖帽，身高只到人類小腿處的小矮人冒了出來。他們就跟傳聞中的形象一樣，每個人臉上都長著一把白色的鬍子，穿著同款式不同顏色的衣裳，踏著一雙沾滿泥土的小靴子。

諾爾知道這種幻獸，這是很常被人類召喚的E級幻獸之一——地精。

「天啊啊啊是羊！還是山羊！」一個紅色地精一看見諾爾便抱頭哀嚎。「你爲什麼要召喚一隻會吃草的幻獸？他會吃了我們的花園啊！」

「我上次有看到他！明明有手還要奈西餵他，懶惰鬼！」另一個黃色地精指著諾爾控訴。

「羊不都是這副德性嗎？他們一生只要被餵養就飽了啊。」藍色地精攤手。

「奈西、奈西，你不是想要樹人嗎？爲什麼會帶羊回來啊？」橘色地精蹦蹦跳跳地來到奈西腳邊，拉了拉他的褲腳。

「管他怎樣都好，叫他不要碰我們的花園！要吃就吃小蘋果！」綠色地精氣呼呼的指向在一旁悠哉看戲的樹人。

地精們嘰嘰喳喳的你一句我一句，在諾爾周圍繞來繞去，諾爾看著腳下的地精們，而後目光落回奈西身上。

他記得樹人的等級都是從C級起跳的。

五個E級地精、一名C級樹人、一隻B級黑羊，同時召喚了七隻幻獸的奈西居然沒有半點疲態，雖說級數都不高，但召喚那麼多幻獸所需的魔力量並不少，尤其裡頭還包含諾爾。他在B級幻獸中是很吃魔力的類型，這也是他至今爲止沒有契約主的原因之一，可奈西像是完全沒意識到這點似的，還早就召喚了一堆有的沒的其他幻獸。

「奈西，讓我看看你的新朋友——欸？諾爾？」

奈西的頭上忽然冒出一隻軟綿綿的白兔，他一看見諾爾便驚訝地叫出聲。這隻兔子正是諾爾的同鄉，當初那隻嫌他不爭氣的兔子先生。

「你們認識？」奈西訝異地對頭頂的兔子說。

「他跟我是同鄉啊，你怎麼會召喚他？你不是最怕B——」話說到此處，兔子先生接收到諾爾威脅的目光，連忙改口：「比、比你大的幻獸嗎？」

「你在說什麼啊？那小蘋果怎麼辦？」奈西噗哧一笑，把兔子抱到自己懷中。

「而且諾爾是D級幻獸，沒什麼好怕的。」

感受到兔子無語的視線，諾爾別過頭去裝沒事。

「唉，算了，也好。雖然這傢伙養起來很費事，但關鍵時刻還是靠得住的。」

「我很好養。」諾爾反駁。

「好了啦。」奈西好聲好氣地制止他們的爭吵，他摸了摸白兔，笑著說：「我們先去準備吃的吧，托比。」

「哼，上次我還在想你是不是帶了女孩子回來，很用心地跟你一起準備呢！結果居然是這個吃貨。」

「女、女孩子？算了吧，沒有女孩子看得起我啊，倒是伊萊很受歡迎……」

「你怎麼可以輸給那小子啦！給我爭氣點！」

看著逐漸遠去的奈西與兔子托比，諾爾隨便拉了張椅子坐下。這裡的氣氛多好，他實在不想回去面對那座陰暗的地牢與瘋癲的女人……

「小子，你在打什麼如意算盤？」待奈西進屋後，小蘋果蹲了下來，語氣不太友善。「你或許瞞得過奈西，但同樣是幻獸，我們都看得出來。你明明知道奈西害怕B級幻獸，卻還要他當契約主的用意是什麼？」

「什麼！」

「是B！」

「居然是B！」

地精們像是合唱一般接連驚叫出聲，但很有默契地控制了音量，以免引起奈西的注意。

樹人默默瞄了一眼馬上推翻他這番言論的地精，再重新望向諾爾，地精們也不安地注視著，有幾隻甚至移動到後院門口，一副發生什麼事就要立刻帶奈西跑路的樣子。光是看這個情景，就可以知道奈西有多受幻獸們喜愛，因此諾爾知道自己沒選錯人，並不打算放棄。

「我只是想被他養。」他直截了當地說出自己的想法，理所當然換來了幻獸們無言的凝視。

「算了吧，小蘋果。托比對他沒警覺心，代表他人應該不壞吧。」橘色地精拍拍樹人的根部。

諾爾想再說些什麼，不遠處卻忽然傳來一陣像是龍的咆哮聲，吸引了他們的注意力。

「又是芬里爾家在作怪。」藍色地精搖了搖頭。

確實，奈西提過他家和伊萊家只隔了幾條街，不過可能是聲音來源比較近的關係，咆哮聲聽起來頗爲震撼，而且似乎還有越來越大聲的趨勢。

在大家都驚覺到大事不妙時，諾爾迅速跳到了屋頂上遠眺出去，見到一隻外形像是蜥蜴、渾身燃燒著的幻獸正在街道上橫行，所過之處皆引起一片尖叫。很不幸的是，蜥蜴正朝這邊衝過來。

「火、火蜥蜴？」小蘋果慘叫一聲，整棵樹攀上屋頂。

「火！」

「是火！」

「居然是火！不要過來啊啊！」地精們慌亂地在後院跑來跑去，最後各自選了一株自己最喜歡的植物抱住。

諾爾仔細一看，發覺那隻火蜥蜴的模樣似乎不太對勁。他差不多有一點五尺長，渾身布滿粗糙的鱗片，背上還有一排凸刺。在狂亂的烈焰中，火蜥雙眼睜得老大，不斷發出痛苦的吼叫聲，走路也跌跌撞撞的，一路過來撞倒了好幾戶的圍牆，引發了好幾場小火災。

帶著像是要掃開任何阻礙的氣勢，火蜥朝奈西家直衝而去，並且鼓起了腮幫子，些許火焰從其口中溢出，大概不出幾秒奈西家就會燒起來。

諾爾見狀，大步一躍，黑霧瞬間冒出纏繞上他的身軀，於黑霧之中，他的形體變得越來越大，在落地之前張口咬住火蜥，把他狠狠甩了出去。

火蜥被甩到幾公尺遠，憤怒地重新爬起來對諾爾咆哮，化爲幻獸形態的諾爾也不甘示弱地朝他嘶吼，但火蜥瘋狂的神情讓他一瞬感到有些不解，而後很快便發現了原因。

火蜥的背上有一排發光的文字，看樣子是契文出了問題，這個召喚師不是沒控制好他，就是施加了太強烈的意志在他身上。

只要是合格的召喚師，都知道不能施加太過強烈的意志在幻獸身上。每隻幻獸都有自己的意志，不過在契文發動時，他們會感覺到召喚師的意志出現在腦海裡，若是這個意志太過強大，便會將召喚獸的自我意志摧毀。

被摧毀意志的召喚獸會變成失去意識的空殼，但意志強大到能做到這種地步的人，幾乎就跟S級召喚師一樣少見。

看著火蜥痛苦地甩著頭的樣子，諾爾更加確信問題就出在這裡。可是他不能讓火蜥繼續在這作亂，奈西家可是一點火苗都沾不得的，他必須先把火蜥帶開。

「怎麼回事？外面是不是出了什麼——」

左肩黏著毛蟲、右肩趴著白兔的奈西疑惑的打開門一探究竟，這時一團黑影從他面前飛奔而過，接著火蜥跟著狂追而去。

他呆了半晌，完全不明白發生了什麼事。方才諾爾的速度太快，以至於他只看到一團模糊的黑影，但他倒是看清楚了火蜥的模樣。

「怎、怎麼回事……」他不安地試圖弄清楚狀況，一聲喊叫卻從對街傳來。

「喂——奈西！」

奈西茫然地看過去，只見伊萊騎在他的使魔龍身上，迅速地衝了過來。

「你沒事吧？」

伊萊一下龍便馬上按住奈西的雙肩，緊張地問，這突然的舉動讓趴在奈西肩上的托比摔了下來，他憑著絕佳的平衡感著地後，不滿地瞪了伊萊一眼。

看著伊萊被風吹亂的頭髮，奈西立刻明白他想必是以最快的速度趕來。

「剛剛我阿姨的火蜥往你們家衝過來了，你家沒燒起來吧？」

奈西往自己身後看了看，呆呆地搖了搖頭。

「那隻黑羊把他引走了！」小蘋果整棵樹攀在屋頂上，指著諾爾離去的方向。

「諾爾？」奈西慌了。「不行啊！諾爾是D級幻獸，鬥不過B級火蜥的！」

伊萊嘖了一聲，一把拉住他的手臂。「傻站在這邊有什麼用？去現場看看不就知道了！」

他把奈西拉上龍，使魔龍翅膀一拍，一陣風揚起，一行人很快離去。

「喂、喂！還有我啊！」托比在原地大喊，不滿地直跳腳。

第四章

另一方面，把火蜥引走的諾爾一邊在街上奔馳，一邊思考著哪個地方比較適合制住火蜥，這裡到處都是民房，一不小心就會引發滿街大火。他跳到旁邊的民宅屋頂快速掃視了一下，隨即看到一座廣場，於是往那裡飛奔而去。

現在情況很棘手，他不能打贏這隻火蜥。火蜥正在拚命抵抗召喚師的意志，如果把他打到失去意識的話，火蜥就會眞正變成傀儡了。最好的解決方法是找到召喚師痛毆一頓，只要召喚師失去意識，火蜥就能解脫了。只是目前別說是打人了，連個罪魁禍首的鬼影都沒見到，使得諾爾根本不知該從何下手。

但他確信那名召喚師一定會趕來火蜥身邊，在這之前，他必須壓制住這傢伙。

諾爾衝到廣場後緊急煞車，追上來的火蜥立刻朝他撲咬過去，來往的人群一看見這兩隻龐然大物都紛紛尖叫著逃走。幸運的是，廣場中央有座噴泉，水能大大削弱火蜥的力量，而且不用擔心火蜥會因此被殺死，除非把他整隻浸到水裡。

諾爾一個疾衝來到噴泉前，用充滿力量的後蹄踢斷正在噴水的雕像，雕像頓時狠狠往火蜥身上砸去，火蜥痛苦地嚎叫一聲，拚命扭頭甩掉身上的水。

「我沒有要跟你打，召喚師在哪？告訴我！」諾爾趁機朝他焦急地喊道。

但火蜥似乎聽不見任何話語，睜圓了雙眼，再度衝向諾爾，他趕緊跳了開來，一口咬住火蜥的尾巴將對方甩到幾尺之外。火蜥的速度遠不如他，但這不代表他能在這慢慢耗，人類的世界向來重視秩序，再繼續打下去，他們都會被負責守護國家安寧的高等幻獸攻擊。

「喂、喂！那邊那隻黑羊！你不是艾琳娜的召喚獸吧？」

上空傳來一個急促的呼喊聲，諾爾抬頭看去，一隻體型跟普通老鷹差不多，有著四隻翅膀，像蜂鳥一樣拚命拍打著翅翼的小龍在他上方盤旋。

「艾琳娜……是那個火蜥的召喚師？」

「對對，那個瘋女人又在家搞些沒有獸道的練習了，眞是芬里爾家之恥。」

「在哪！」

「你傻子呀，她要是現身，不就代表承認自己是讓火蜥作亂的元兇了嗎？不過她也不能離火蜥太遠，因爲她還在試圖控制他。」小龍東張西望，嘆了口氣。「伊萊也眞是的，既然要偵查，爲什麼不多派一些我的同伴出來啦，只有一隻龍效率很差耶。」

諾爾心想，這時候要是有奈西在就好了，他最擅長大量召喚一些有的沒有的幻獸。不過奈西要是眞的來了也很麻煩，以他現在這副模樣，說是D級怎麼樣都說不過去。

於是諾爾認命地繼續跟火蜥搏鬥，順便要求小龍盡快找到那個叫艾琳娜的召喚師。但火蜥的動作已經慢下來了，他先是拚命地在原地搖頭，接著走路又開始搖搖晃晃起來，於是諾爾用羊角頂起火蜥衝向噴泉，低頭讓水沖到他身上，猛然襲來的強烈痛苦終於拉回火蜥的神智，他淒厲地咆哮，在諾爾頭上不斷掙扎。

「撐著點。」諾爾斬聲說，一把拋下火蜥，火蜥在地上翻滾，不停地甩著頭。

「喂、喂！找到啦，在那裡！」小龍衝到他身邊，抬起下巴示意了下空中某一處，有個女人騎著一隻三頭龍在那裡觀戰。

諾爾嘖了一聲，飛快地衝離廣場，還好那個召喚師很專心地觀察著她的火蜥，無暇注意他的離去。爲了不被她發現，諾爾刻意繞了點路，打算從她後方偷襲。

他腳步一躍跳上了屋頂，化爲人形疾走，最後躍至這附近最高的一棟民宅。一個巨大的物體從諾爾身旁的地面冒出，他伸手抓住，像是丟迴力鏢似的朝女人丟去，但艾琳娜與她的坐騎也不是省油的燈，在物體要撞上之前便察覺到危機，三頭龍在千鈞一髮之際慌忙閃開，不過專心於控制火蜥的艾琳娜也因此摔了下來。

光是這一瞬間就足以中斷她對火蜥的控制。

足夠了。

諾爾飛快地衝回廣場，現場一片煙霧瀰漫，他著急地在煙霧之中尋找艾琳娜的身影，如果她還醒著就必須打到她失去意識爲止，只有這樣火蜥才能回到幻獸界。

不久，他在噴泉旁看見兩個身影，三頭龍躺在地面上，艾琳娜則壓在他的身上，一人一龍動也不動，看樣子是昏了過去。

諾爾立刻搜尋起火蜥的蹤影，因爲對方渾身是火，所以即使在滿場煙霧裡也依舊顯眼，他很快就發現不遠處有團火光在移動，接著鑽到地面下消失不見。

諾爾鬆了口氣，終於放下心。同一時間，他也聽見廣場外傳來一聲聲呼喊。

「諾爾——諾爾！」奈西焦急地踏入廣場，四處走來走去，不斷喊著他的名字。聽見這個聲音，諾爾覺得自己就像是被主人找到的狗一般，心頭不由自主地感到有些雀躍。

他緩步走向奈西，他的召喚師一見到他便眼睛一亮，連忙衝過來檢查他有沒有傷勢：「沒事吧？小蘋果說你拖著一隻B級火蜥跑了，嚇死我了。有沒有怎樣？沒受傷吧？」

見奈西擔憂地在他身上東看西看，諾爾傾身抱了上去，突然壓上的體重讓相較之下顯得嬌小的奈西踉蹌地後退了一步。

「諾、諾爾？」

「我好怕。」諾爾十分平靜地說出這句話，臉不紅氣不喘。

「……」

「……」

他感覺到兩道沉默的視線從前方刺來，伊萊跟他的使魔龍正無語的看著他。

「抱歉，讓你擔驚受怕了。」奈西撫了撫他的背，諾爾舒服地眯起眼，將臉埋到奈西的肩窩。

「嗯。」

「一來就讓你遇到這種事，眞是對不起。我下次不會亂扔下你走開了。」

「不要臉。」伊萊面無表情的評論。

「不知羞恥。」使魔龍啐了一口。

「你們在說什麼啊？諾爾只不過是體型大了點，你們就這樣針對他——」

「可惡啊啊啊啊！」

一聲歇斯底里的咆哮傳來，在逐漸散去的煙霧中，諾爾看見一名衣服上沾染了大量塵土、頂著一頭亂髮的女子一跛一跛地走來。她的雙目布滿血絲，臉上全是難以形容的執著與瘋狂。

她伸直了手指著諾爾跟奈西，用破了的嗓音高聲尖叫：「區區一隻幻獸居然敢攻擊我！殺了他跟那個召喚師！」

三頭龍從她身後衝出，雙眼早已失去了神采，如同快要壞掉的傀儡般跌跌撞撞地奔向前，三個頭都張大了嘴，露出滿嘴獠牙朝他們咬去。

諾爾一把將奈西推到自己身後，黑霧瞬間包圍住他。

「諾爾！」在變回幻獸形態之前，他聽見了奈西的哭喊。

三顆頭同時咬住諾爾的身體，鮮血滲出來染溼了他的黑毛，這份疼痛讓他忍不住咬緊牙關。不過幸好這頭龍並不大，只是讓他身上多了三個傷口而已，並沒有造成多大的傷害。

諾爾別無選擇，面對這三顆不知會從哪裡襲來的頭，他只能變回巨大的獸形擋下攻擊，雖然結果很成功，但他也無法再隱瞞自己的等級了。

「艾琳娜阿姨！」伊萊大叫，衝到了諾爾身前，試圖拉開三頭龍。「妳在做什麼！若不是有我朋友跟他的幻獸，整條街早就毀了！」

「住口！差一點……差一點就成功了！要不是這隻黑羊過來攪局！」女子發瘋似的高聲狂喊。「他甚至攻擊了我！區區一隻羊族幻獸，居然敢攻擊芬里爾家的菁英召喚師！」

她攤開了魔導書，將手放到書頁上，死瞪著諾爾。「看來你不知道芬里爾家的恐怖是吧？就讓你瞧瞧我們龍族召喚師的厲害——」

「夠了，艾琳娜。」一個低沉而穩重的聲音從上方傳來，接著一道黑影籠罩了整個廣場。

一隻巨大的飛龍出現在天空上，光是軀體就幾乎跟廣場的面積一樣大，整片翅膀伸展開來將整條街的上空都遮擋住。他渾身布滿看起來十分堅韌的褐色鱗片，不知有幾十尺長的脖子繞了半圈，讓巨大的頭方便俯視底下的景象。

無論是誰，見到這隻龍都會一時無法移開目光，不只是因爲其體型超乎想像的龐大，更是因爲他的額頭中央有一隻橢圓形金眼。那隻眼睛比另外兩隻眼睛加起來還要大，彷彿能夠洞悉一切般，看進人們靈魂深處。

巨龍的背上站著一名身著華麗披風與鎧甲的男子，男子似乎張口說了些什麼，隨後他的龍就低下頭，一口咬住艾琳娜的三頭龍整隻叼起，失去自我意志的三頭龍沒有任何掙扎。

艾琳娜憎恨地看著那個威風凜凜的男人，咬牙切齒地喊了聲：「父親！」

「妳知道妳惹出多大的麻煩嗎？整條街的人都被妳的火蜥嚇到了，眞是有損芬里爾家的名譽。」

男人怒斥，說完之後，兩隻兩尺長的龍從空中降下，其中一隻龍用後腳捉住艾琳娜的一條手臂，把她拎了起來。

「走了。」男子一揮手，兩隻龍立刻帶著艾琳娜跟上他。

「伊萊。」臨走之前，乘著巨龍的男子回頭喊了他的孫子一聲，聲音裡帶著不怒而威的氣勢。「善後就交給你了。」

「是……是！」伊萊慌慌張張地舉手敬禮。

飛龍振翅，周圍霎時掀起一陣狂風，整個廣場上的煙霧被吹得乾乾淨淨，籠罩的黑影離去，光明再度回歸。

諾爾這才確信事情終於落幕。他鬆了一口氣，有些猶豫地緩緩回頭看向奈西。結果情況遠比他預料的還要糟上許多。

「啊啊……啊……」

奈西斷斷續續發出不成聲的慘叫，他摀住嘴巴，跪坐在地上，瞪圓著雙眼看著諾爾。他的臉龐早已失去血色，並爬滿了恐懼的淚水，完全是以看著怪物的眼光看著諾爾。

諾爾睜大了眼睛，他完全沒想到奈西會害怕成這樣。他急忙重新化爲人形，輕輕喊了聲：「奈西……」

「啊啊啊啊啊啊！」奈西抱頭大叫出聲，顫抖著身子，看都不敢看諾爾一眼，像是要把頭髮扯下來似的緊抓著自己的頭，不斷搖著腦袋。

一旁的伊萊看不下去，大步走到奈西身旁搖了搖他的雙肩。「奈西……喂，奈西！你到底怎麼了？那不是你的召喚獸嗎？怕什麼啊！」

「不是……不是我……不是我召喚的啊啊！不是我！」奈西一把甩開他的手，發瘋似的狂喊。

諾爾有些呆愣，試圖釐清現在的情況。

方才見到那麼大隻的龍，奈西都沒有反應，而且他也不怕伊萊的使魔龍，看樣子應該是害怕自己召喚出的高等幻獸。雖然諾爾不知道這是怎麼回事，但既然事情演變成這樣，他就必須試著突破這個難關。

「奈西。」他柔聲呼喚自己的主人，一步一步慢慢走向奈西。但奈西見到他步步逼近，卻是慌得更加厲害。

「不要過來！」

平日裡溫和寬容的目光如今被恐懼與懷疑所取代，奈西的眼中已經看不見半點對諾爾的信任。他往後退了好幾步，只想離諾爾越遠越好。

當諾爾僵在原地，不知該如何是好時，始終待在奈西肩上的伊娃突然動了。她緩緩從奈西身上下來，爬向諾爾。

「伊娃？」奈西想要抓回他的毛蟲，又不敢再接近諾爾一步，只能眼睜睜看著伊娃爬到諾爾腳邊，攀上他的褲管。

諾爾沉默地把伊娃抱起來，毛蟲抖了抖觸角，扭身看向奈西，就像是想告訴他諾爾並不可怕似的，整隻黏在諾爾身上。

奈西看著他們，雖然停止了恐懼，可就像靈魂被抽空一樣僵立在原地。

諾爾再度邁出步伐，小心翼翼地接近奈西。他的每一步都宛若踩在結冰的河面上，深怕一不小心就會讓整片冰面碎裂。

在他走到奈西身前時，奈西又因恐慌而顫抖起來，他已經完全不敢看諾爾，但這次他沒有後退，只是緊盯著伊娃，希望自己的毛蟲能回到身邊。

雖然諾爾實在搞不懂奈西爲何會怕成這樣，不過有件事他必須讓奈西明白。

——那就是B級幻獸也可以很溫馴。

「哇啊啊！」

那一瞬間，奈西嚇壞了，他驚叫出聲，伊萊也錯愕地看著他們。

因爲諾爾舔了奈西。

諾爾蹲下來，像隻狗一樣，舔了舔奈西帶淚的臉龐。

「奈西……」他的聲音裡充滿委屈。「我很溫馴，不要拋棄我。」

奈西愣愣地看著他，不發一語。

下一秒，他往後一倒，昏了過去。

眾人無語的望著倒在地上的奈西。

「我說，你下次這麼做之前不能先變成幻獸形態嗎？感覺亂噁心一把的。」過了一會兒，首先回神的伊萊皺緊了眉頭，忍不住嫌惡地吐槽。

「這樣我還沒走近他就會昏倒。」

「……好吧。」

看著徹底暈過去的奈西，諾爾鬱悶到了極點。從沒有人被他這樣撒嬌後竟直接昏倒的。身為一隻羊，而且還是在幻獸種族中稱得上可愛治癒的羊（他自認為），諾爾對於如何當一隻溫馴可愛的幻獸頗有一套心得，事情不該變成這樣。

這下可好了，事情越弄越糟，他可以想像奈西以後絕對不會再召喚他出來了。他要上哪找第二個會餵他摸他、不對他發脾氣的召喚師？

想到這裡，諾爾嘆息一聲，小心翼翼地把伊娃從自己身上拔下來，放回奈西身上，並開始尋找回家的路。只要召喚師失去意識，魔力輸出就會中斷，而一旦沒了魔力供應，召喚門便會出現把幻獸送回，剛才那隻火蜥就是這樣順利回家的。

諾爾先是左右看了一下，而後站起來環顧了一圈，本該出現的召喚門卻連個影子都沒有。

見鬼了，門咧？

察覺到諾爾的疑惑，伊萊與他的使魔也幫忙找了下，但依舊沒看到所謂的門。此時，之前那隻找到艾琳娜的小龍飛過來停在伊萊肩上，歪了歪頭。「嘎，你們在幹麼？一群人到處看來看去的，蠢斃了。」

伊萊一把捉住小龍的頭，把他抓到眼前，瞪著他低聲問：「你再說一次？」

「沒沒沒有！我是說過這樣子滿蠢的——呃，但是唯獨伊萊少爺您的樣子看起來充滿了智慧！英姿煥發！栩栩如生！」

見小龍越講越奇怪，伊萊一把放開他，不耐煩地下令：「幫那隻笨羊找回家的路，他的召喚門不見了。」

「少爺，門出現時會伴隨著發光的召喚陣，除非眼睛瞎了才會看不見。」

一股怒氣湧上，伊萊忍不住脫口說道：「難道你是想說奈西到現在還在輸送魔力嗎？」

「恐怕是的，少爺。」

此話一出，所有人都看向奈西。他確實躺在地上失去了意識，但門沒有出現也是事實。

「喂喂，別開玩笑了，也就是說這隻羊要滿六小時才能回去？」伊萊的使魔龍在諾爾身旁不斷繞來繞去。

「不一定，延長召喚時間不像召喚一樣不近人情，只要召喚師魔力耗盡，召喚門就會出現，強制遣返幻獸。」伊萊解釋。

了解自己還要困在這裡一陣子的諾爾默默背起奈西，毛蟲也順勢爬到他的頭上。「我先走。」

「等等！萬一你回去到一半召喚門出現了，那該怎麼辦？」伊萊覺得不妙，立即伸手制止。

「不會。」諾爾語氣平淡地說。「奈西很持久。」

「……」

說是這麼說，但諾爾心想，奈西已經召喚了六隻E級、一隻C級幻獸，再怎樣也不太可能讓他撐到六小時。不過等他回到幻獸界時，眞的已經過去了六小時，而且在這段期間，所有奈西的召喚獸也都撐到滿六小時才返回。雖然奈西的臉色是蒼白了些，不過諾爾不確定這是因爲魔力快見底，還是因爲被他嚇壞的關係。

他把奈西帶回家在床上安置好，跟其他幻獸解釋了情況，雖然托比露出了複雜的眼神，但什麼也沒跟他說。而至於奈西失去意識仍持續輸送魔力這件事，幻獸們表示這很正常，奈西似乎從小就是這樣。

當諾爾回到了幻獸界，重返冰冷的地牢時，意外發現赫拉克莉絲還在外頭。

「怎麼這麼久！讓一個女孩子等六小時未免太過分了吧！」克莉絲氣呼呼的走到牢門前，不滿地跺了跺腳。

「……」

「你有沒有在聽啊！諾爾！」

「……」

「算了吧，克莉絲，妳也沒有眞的等了六小時啊，剛剛不是才在跟我說這裡的下午茶有多好吃嗎？」菲特納的聲音從隔牆傳來。

「哼！諾爾——我說諾爾——喂！」

諾爾這才終於意識到有人在呼喚自己，他抬起頭，平靜地開口：「有事？」

如此回應自然換來了金羊的怒視，不過很快克莉絲便發現不對。她在牢門前蹲下，納悶地問：「你怎麼搞的啊，臉超臭的。」

「……我沒有。」

「別騙我了啦，我們認識多久了，你以爲我看不出來嗎？雖然你總是一副面癱樣，講話也毫無情緒起伏，但認識你的人都知道你很好懂。」

克莉絲將下巴擱在自己的雙手掌根，手肘撐在膝蓋上，興致盎然地觀察著眼前的黑羊，嘴角忍不住勾起一抹淡淡的微笑。

「幹麼啊？該不會是契約主不要你？」

「……」

「諾——爾——？」

他撇過頭不理她。

「幹麼幹麼？諾爾在鬧脾氣嗎？我也要看！快放我出去！」菲特納興奮的聲音從旁邊傳來，諾爾甚至聽到撞擊鐵欄的聲音。

「少來了，你以爲這樣我就會放你出來嗎？」

「嗷嗚嗚嗚……」

無視隔壁傳來寂寞無比的狼嚎，克莉絲逕自開口：「終於知道做人的重要了吧，快跟本小姐說說你跟契約主之間發生了什麼事，本小姐閱人無數，說不定能幫你想點辦法。」

「幫別人解決感情問題前，妳不覺得先把人放出來比較要緊嗎？」菲特納再度哀號。

「吵死了，沒人問你話。」

被克莉絲咄咄逼人的目光注視著，諾爾實在沒得選擇，只能從實招來：「契約主怕我。」

「不會吧？怕你？你可是那個諾爾耶，那個雖然長輩都用『叫黑羊諾爾來踢你』來威脅小孩，實際上卻很溫馴的諾爾。」

「妳別被他騙了！那傢伙只是懶得動才會任人擺布，一旦認眞起來是很可怕的啊！」

「我不是說了沒人問你話嗎？閉嘴啦！」

同樣無視菲特納的諾爾簡短地解釋：「我變成黑羊，契約主嚇哭，暈過去。」

「也太誇張了吧，你幹了什麼嗎？」

諾爾搖搖頭，本來想說他什麼都沒做，但仔細想想好像也不是眞的什麼都沒做，他確實做了一件事。

「他很害怕，我舔他，結果他就昏倒了。」

「……」

「為什麼會昏倒啊？人類難道不知道舔人是表達友善的意思嗎！」

「你們真的很有問題耶！人類有人類表達友善的方式，我們有我們的，你用幻獸的方法表達友好當然有問題啊！」

「菲特納，亂教。」

「哪有！我對喜歡的契約主都這樣啊！」

「……」

「不過第一次看到諾爾吃癟，嘻嘻，還挺有趣的呢。你也有在乎的人啊？」

「沒有的話，就不會在這裡。」

這句話猶如一根針般扎在克莉絲身上，她睜大雙眼，驚訝地彈起身。

「不、不、不會吧？諾爾？難道你對我……」她捧著雙頰，臉頰止不住地泛紅，身上的金芒變得更加閃閃動人。「可是你才B級，我也已經有新的對象了。唉，這可怎麼辦才好，難道太美麗也是個錯誤嗎……」

見克莉絲陶醉在自己的世界裡，諾爾面無表情的看著她，以念課文般毫無抑揚頓挫的語氣解釋：「因為妳說過喜歡艾爾狄亞，我才會來這裡。」

「……你這傢伙果然最討厭了。」

克莉絲瞪了他一眼，接著在他們的注視下取出一把生鏽的黃銅鑰匙，先後把諾爾跟菲特納的牢門打開。

「克莉絲——」菲特納感動地朝她撲過去，但立刻被她躲開。她甩了甩手中的鑰匙，沒好氣地說：「還不趁現在快走？別再回來了，我可沒把握能讓你們逃走第二次。」

「不是妳把我們抓進來的嗎……」

「我總得做做樣子吧！你們可是把人家的手下頭身分離了耶，我難道還能恭迎你們嗎！」

諾爾朝她伸出手。

「一起。」他的語氣很堅定。

赫拉克莉絲盯著他的手一會兒，接著一把拍開。「我才不要！不是說我有新對象了嗎？就是這個家的主人啊！他不但是實力堅強的A級，又有這棟豪宅，而且還口口聲聲說很愛我要娶我，比之前那個好多了！」

「之前的不好？」他記得之前是個有著一對牛角的肌肉男幻獸，雖然豪爽到有點煩，但應該是個好幻獸。

「當然不好，爛死了！說什麼會保護我、只愛我一個人，結果居然背著我和一隻年輕可愛的小幻獸交往！」克莉絲火冒三丈地高聲怒罵。「我甩了他以後在酒館喝悶酒，結果有個骷髏飛人說他們的主人很喜歡我，希望我能嫁給他。我想說去看看也無妨，就跟著走了。」

「妳離開之前，有跟其他人說這件事？」

「當然沒有啊，興致一來就走了，而且誰會想把自己失戀的事說出去啊！」

「……」

諾爾默默看著她，直到克莉絲沒好氣地問了一句「幹麼啊？」他才開口。

「妳的朋友，很擔心妳。」

聞言，克莉絲露出有些複雜的表情，而後心一橫，低聲說了句：「幫我跟他們說聲抱歉，還有，我不會回去了。」

「眞的不回去了嗎？這地方陰森森的，沒有新鮮的空氣也沒有陽光，妳眞的要待在這裡？」菲特納化爲狼形，擔憂地在她身邊繞來繞去。

「當、當然！雖然這裡的環境沒有那麼舒適，但那個骷髏說了，我想要什麼他都會給我，也會愛我，只要我永遠待在這裡！」

見菲特納與諾爾忽然安靜下來，克莉絲拍了拍翅膀，不太自在地問：「幹、幹麼啊？」

「走。」諾爾攔腰扛起克莉絲，像是扛米袋似的把她甩到自己肩上，並向菲特納點了點頭。

「耶，逃脫行動開始嘍！」菲特納仰天長嚎一聲。

「放、放我下來！你們瘋了嗎？我說我要待在這裡啊！」克莉絲扭著身子掙扎，一對金色翅翼拚命拍打著。

「妳被騙了。」

「對啊，這麼拙劣的謊言，妳怎麼會相信啦！」

「我才沒有被騙！再說你這是什麼抱法啊！想要把人劫走不會用溫柔一點的方法嗎？」

聽到這番話，諾爾的眉頭忍不住皺得死緊。他最討厭麻煩了，偏偏克莉絲是他所認識最麻煩的女人，明明嘴上說著不要走，卻又對自己離開的方法有意見。

見一狼一羊都沒理會自己，逕自離開地牢往樓梯跑去，克莉絲氣呼呼的扭過身子，不斷敲打著諾爾的背。

「所以我不是說了溫柔一點嗎？對可愛又纖細的人就該用公主抱才對啊！眞是的！要女孩子跟你走，就應該用公主抱抱起她，用眞摯的表情說些浪漫的話不是嗎？譬如『我不會把妳交給其他男人』、『妳是我的』，還有——」

「菲特納，給你。」

「我才剛說完你就這樣！混蛋！還有，我才不要給菲特納抱！」

「爲什麼啊！我做錯了什麼！」

「要抱當然要給帥哥抱。」

「嗷嗚嗚妳歧視我——」

諾爾受不了兩人的爭吵，只得又將克莉絲拉回來改成公主抱，並將自己調整成放空模式。

什麼也聽不見、什麼也聽不見，跑就對了。他如此催眠自己，同時想念起乖巧體貼的奈西。唉，爲什麼他的身邊盡是些讓人感到煩躁的傢伙？

「你那副眼神死的樣子是什麼意思！我說錯了什麼嗎！」

「他們打算劫走金羊！抓住他們！」

當他們跑到一樓時，一名骷髏飛人很快發現了他們的身影，很快其他骷髏飛人便接獲消息，紛紛聚集到走廊上，舉起武器包圍過來。

「眞是糟糕，身爲金羊眞是命苦啊，生來就要被眾人爭搶……」

說是這麼說，但克莉絲摟著諾爾的頸子，完全進入妄想模式陶醉在自己的世界裡，身周甚至開起了看不見的小花，絲毫沒有一絲困擾的樣子。

「……」諾爾持續放空中。

「喂！快來幫忙啦！」菲特納早已化爲狼形擊退了幾名骷髏飛人，並咬住其中一個，把他甩到高空擊向那些聚集在一起的骷髏，但敵方數量越來越多，根本應付不完。

「下來。」諾爾終於明白菲特納被他騎在身上時是什麼感覺了，當有個好手好腳的人硬要黏在你身上時，眞是有種說不出的煩躁與鬱悶感。

「不要，你不是要強迫我回去嗎？把我放下來的語，我就回到他們身邊。」克莉絲哼了一聲，頭撇到一邊。

「……」

「喂喂諾爾，我們眞的要被包圍了！」眼看湧進走廊的骷髏飛人越來越多，菲特納退到諾爾身邊，朝他們狂吠著，拚命揮爪擊退逼近的骷髏，並朝他丟去一個求救的目光。

諾爾有時候眞的很想知道自己到底是招惹誰了。

他抬腿往一旁用力踢去，牆壁立刻裂出一個大洞，他隨即拔腿穿過那個洞，但突然開闊的視野讓他有種不妙的預感。

此刻，他身處一間幾乎跟人間界那座廣場差不多寬廣的房間，房裡空空如也，挑高了三層樓，卻一扇窗也沒有。整個房間由掛在牆上巨大的火把照亮，無數金銀財寶沿著牆壁擺放成一排，在火光下的映照下閃爍著奪目光芒，斑駁的石磚地上赫然可見許多爪子的抓痕與乾掉的血跡。

諾爾回頭一瞧，先前進入這棟宅子時所看見的大門就在身後。好樣的，看樣子現在是他自己去招惹到不該招惹的東西了。

「諾、諾爾！這、這裡該不會是……」

一同衝進來的菲特納臉色發青，不安地東張西望。本來追著他們的骷髏飛人都止住了腳步，沒一個敢進來這間房。

「你們中大獎嘍。」克莉絲幸災樂禍地說。「跟你們介紹一下吧，這就是我的新情人。」

她看向另一頭，高興地呼喊：「出來吧，親愛的。」

第五章

霎時，一陣天搖地動。

整個房間的火把瞬間全部熄滅，地面燃起青紫色的火光，一陣咆哮從地底傳來，一具燃燒著青紫色火焰的巨大骷髏緩緩從地底下冒出，空洞的眼窩直直盯著他們，兩排牙齒殘留著上一個獵物的血跡。這名骷髏人的體積大到房間幾乎都要塞不下，光是一隻手就可以活活把諾爾他們捏死，而他在露出了上半身後停止動作，但光只是上半身就已達三層樓高。

諾爾皺緊眉頭，這下不妙了。

這傢伙是王。

每種幻獸都有自己的王，毫無疑問的，這名骷髏正是那些骷髏飛人的王。在召喚師的實力達到一定程度的前提下，也有可能在一般召喚中召喚出王，但機率很低，畢竟王的等級幾乎都是A級以上。

「看，他比之前那頭牛要好多了，不但實力堅強，又有一堆財寶！」赫拉克莉絲得意地說，但她的發言換來另外兩個男人詭異的凝視。

「會爆炸。」

「真不敢相信妳居然會跟一個沒有下半身的男人在一起！這樣妳的下半生不會性福的！」

「少跟我開黃腔！沒水準的男人，好男人是不能用外表來評判的！」

在他們爭辯時，骷髏王緩緩開口了，猶如壞掉的大提琴拉出來的低沉破碎嗓音讓地面都為之顫抖。「金羊……還來。」

「看，他甚至不會叫妳的名字呢。」

「你閉嘴啦！」

不知是不是他們太過目中無人的行為惹惱了骷髏王，一隻手突然在他們旁邊重重敲下，揚起一片塵土，十分有效地制止了他們的對話。

「金羊赫拉克莉絲……妳要背叛我們？」骷髏王的聲音有著隱忍的怒氣。

「怎、怎麼可能！他們是和我同鄉的朋友，一直要我跟他們回去，甚至不惜把我劫走。」克莉絲滿臉堆笑的對骷髏王解釋，然後拍拍諾爾的肩。「好了，快放我下來，我家親愛的可不是你們能對付的。」

諾爾沒有這麼做，他只是站在原地望著骷髏王。

「我認為……」他緩緩開口。「真正愛妳的人，不會限制妳的自由，更不會，說什麼『背叛我們』。」

克莉絲瞪大眼睛，驚訝地看著他。

「我知道，妳喜歡艾爾狄亞，所以我來了，菲特納也是。」他看向懷中的金羊。「妳的朋友也擔心妳。我們才是那個眞正，關心妳的人。」

諾爾說完，歪了歪頭，有些納悶地輕聲問：「這樣還不夠？」

克莉絲盯著他，沉默了半晌後，忍不住輕笑出聲。

「你表達能力眞的很差耶。」她輕輕搗著自己的嘴巴，止不住笑意。「我不是說了嗎？要劫走一個女孩子，應該說些令人心動的話呀。」

「……」

這女人總有一天會逼死他，絕對。

於是諾爾面無表情的以機械式的語氣開口：「我不會把妳交給其他男人。」

「你說這句話時好歹也看我一眼好不好！看骷髏王是有什麼用啊！還有，你不要又露出一副眼神死的樣子！」

「很好，意思是只有你能解決我嗎？好大的膽子！」另一方面，骷髏王眞的以爲諾爾這句話是對他說的，而且還誤解到一個詭異的境界，因此諾爾的眼神更死了。只見骷髏王身上的火焰燃燒得更加旺盛，蓄勢待發。

「……」諾爾開始懷疑自己是不是有吸引麻煩的體質。早知道會發生這種事，他還寧願看著菲特納。

他放下克莉絲，把她推到菲特納身邊，走向前。

「諾爾？」

「你們先走。」他的一隻手臂往旁邊伸直，掌心朝下。

「你瘋了嗎！對方可是A級幻獸，還是王啊！」克莉絲想上前把他拉回來，卻被菲特納阻止。

「就因爲是A級，才需要有人拖延時間啊，否則我們沒有機會逃走的。」菲特納笑著說。

「你這傢伙還好意思講！」

菲特納心虛的抖了抖耳朵，有些不好意思的摸摸後腦勺：「沒、沒辦法嘛，我不擅長應付大型幻獸，像這種傢伙就交給諾爾吧。放心吧，諾爾很強的！」

「快走。」

「知道啦，等等見！」菲特納一把抱起克莉絲，飛快地往大門衝去，但克莉絲翅膀一拍就從他身上飛起來，沒好氣地說：「放開我！我有翅膀可以自己飛！」

她綻放出一陣金光，化爲金羊，拍著羽翼靈活地在空中飛翔。

「嗷嗚嗚……妳偏心！差別待遇啦！」

「我本來就差別待遇！開門啦！」

一陣陰森的冷風從身後灌進來，讓諾爾知道菲特納他們已經開門逃走了。他深吸一口氣，垂下眸光，進入了戰鬥模式。

有些人會以爲他是因爲幻獸形態很強才被判爲B級，雖然那個形態人高羊大，確實擁有不少優勢，但事實上他之所以是B級，是因爲人類形態。

一把巨劍從諾爾掌心下方的地面冒出，他握住劍柄，睜開雙眼，平日裡無神的眸子如今蘊滿了靜靜燃燒的鬥志，以及全然的冷靜。

沒錯——

他是個劍士。

骷髏王朝他發出震天怒吼，其氣勢之強，連地上的塵土都爲之飛揚，青紫色的火焰在周遭搖曳著，宣告著戰鬥的開始。

骷髏王舉起巨大的拳頭猛力砸下，諾爾迅速往旁一跳閃開，拳頭落在他身後的力道大得讓地面都顫動起來。他朝骷髏王衝去，大步一躍，瞬間彈到幾尺高，而後雙手握住巨劍朝骷髏王的頭部由左至右用力一揮，一道強風隨著他的劍一同斬去。

狂風在無窗的室內咆哮，青紫色火焰被劍氣吹得向後搖曳，骷髏王堅硬的面部被劃出一道淺淺的痕跡。他憤怒地朝諾爾狂吼，巨手像是要捉住蟲子般朝諾爾襲去，諾爾朝他的顏面猛地一蹬，藉著反作用力與他拉開距離，頓時巨手不但揮空，骷髏王的面上也留下些許碎裂的痕跡。

諾爾重新落到地上，而王的表情變得越來越猙獰。骷髏王憤怒地舉起兩隻拳頭，像是要搥桌一般氣勢萬鈞地砸下，諾爾俯身往前猛衝閃開，並再度大步一躍打算讓骷髏王毀容，但下一秒諾爾便看見對方張大嘴巴，一道巨大的青紫色火柱朝他襲來。

諾爾一驚，連忙將巨劍舉起擋在自己面前，擋下了大部分襲來的火焰。

當他再次落回地面時，些許殘留的青紫色火苗仍在他身上燃燒，於是他雙手握劍朝地面用力一插，一陣強風以劍爲中心向外衝出，吹熄了身上的餘焰，但仍有一些焦黑的痕跡遺留下來，衣服也被燒掉了一點。

剛剛踩在骷髏王燃燒的臉上都沒事，這會兒吐出的火焰卻眞的對他造成傷害，諾爾不禁微微蹙眉，再度舉起劍，這時一股熱度突然從上方傳來，他抬頭一瞧，見到漫天的火焰席捲而下。

像剛剛那樣拿劍硬擋已經行不通了，他向後狂奔而去，在千鈞一髮之際閃過火焰。骷髏王的火焰實在不易對付，於是諾爾決定換個策略。

他往旁邊直衝，大步躍上牆壁，老舊的石牆早已剝落得凹凸不平，因此有很多地方可以落腳。諾爾像個忍者般飛簷走壁，來到骷髏王的頭不太好扭過去的死角，使勁跳了起來往骷髏王的頭部撲去。

他將骷髏王的頭蓋骨當成踏板，用力一踩躍向天花板，用劍三兩下把天花板切割得四分五裂。頓時，天花板整個塌了下來，砸在骷髏王頭上。

骷髏王發出憤怒的吼聲，伸手去抓在自己頭上胡鬧的諾爾，但早就預料到這點的諾爾跳起來輕易閃開。他握緊巨劍，一隻手像是拉弓一般向後一伸，藉著躍下的重力往骷髏王的頭刺擊，他的劍尖成功嵌進了頭殼，骷髏王的怒吼立刻變成了吃痛的哀嚎。諾爾趁著對方悲鳴的時候迅速拉開距離，回到一開始所在的地方，同時仔細思考著對策。

在這個密閉空間跟骷髏王戰鬥不太有利，骷髏的弱點是頭，可麻煩的是，骷髏王會噴火，要在一邊閃躲拳頭一邊避開火焰的情況下打中他的頭並不容易，像剛剛那樣的招數也不可能反覆使用，不過諾爾的目標也不是打倒骷髏王。

沒錯。

他只要盡量拖住骷髏王，讓這傢伙遠離菲特納跟克莉絲就好了。

黑霧湧出，纏繞上了諾爾，他化爲幻獸形態，蹄子刨了刨地面，接著全速向前衝刺。爲了擊中諾爾，骷髏王的手像是要掃開四周所有東西似的，由左向右揮過去，可惜的是，現在諾爾正處於行動力最佳的形態。

他在千鈞一髮之際跳了起來，順勢攀上骷髏王的手臂，一路奔到肩膀處全力一跳，在空中重新化爲人形，然後藉著這股衝力狠狠朝牆壁一踢。

牆壁應聲碎裂，且裂口十分巨大，幾乎整面牆都因爲這道衝擊裂開，深淵特有的陰森冷風襲來。

諾爾輕巧地落到豪宅外的街道上，回頭看了骷髏王一眼，骷髏王被他的舉動徹底激怒，身上的火焰燃燒得比之前更加旺盛，咆哮了一聲，一拳打碎身後的牆壁，跟鬼魂一樣飄了過來，一拳拳朝諾爾砸下。

諾爾皺起眉頭，一邊想著這傢伙居然會移動，一邊在飛揚的沙塵與猛烈的攻擊中不停閃躲。此時豪宅另一頭湧出數十名骷髏飛人往這裡衝來，這讓他有了不好的預感。當他再度化爲幻獸形態打算撤退時，骷髏王發出一聲震天怒吼，吐了一排火焰阻擋住他的去路。

這下糟了。諾爾暗叫不妙，迅速朝四周看了看，試圖尋找其他逃脫的可能，但那些骷髏飛人已經在不知不覺間包圍住他，堵住了剩下的退路。

骷髏飛人們尖笑著嘲弄諾爾，揮舞著武器鼓譟，要他們的王對這隻黑羊處刑。而骷髏王也不負眾望，他舉起雙拳併在一起，做出像是要砸桌的動作，準備把諾爾徹底敲個粉碎。

「敢讓金羊逃走……死吧！」

雙拳重重揮下，自知逃不了的諾爾嘆口氣，也懶得逃了，索性站在原地，一邊想著爲克莉絲這種女人而死眞不值得，一邊等待死亡的到來。

然而，就在拳頭即將落到身上之際，諾爾聽見了一句話——

「住手吧，骷髏王。」

一個悠哉的聲音響起，接著一道黑影從他身旁冒出，周遭天搖地動起來。一陣強風襲過，諾爾腳下的石磚地碎成好幾塊，但預期中的重拳並沒有落下。

諾爾訝異地抬起頭，只見騎著駿馬的勒格安斯站在那裡，平舉著他的寶劍擋下了骷髏王雷霆萬鈞的一擊。

骷髏王眼中燃起憎恨的火焰，咬牙切齒地低聲喊道：「勒格安斯！」

「看在我的分上，原諒這隻小羊，好不？」勒格安斯收回劍，用哄小孩般的和善口氣這麼說。

「他放走了金羊！」骷髏王憤憤地說。

「你不是已經有很多財寶了？少一個沒差啦。」

「他在我臉上留下痕跡！」

「不錯啊，我覺得你比以前更帥了。」

「……」

「如果你把我的酒友打死了，我會很困擾的。」被放在馬頭上的頭盔搖了搖頭，無可奈何地說。「我好不容易才找到一個，別這樣。」

骷髏王怒火中燒的看著勒格安斯，卻不敢動手，他身旁的骷髏小弟們也是。S級幻獸的實力可不是開玩笑的，雖然勒格安斯表面上看起來很和善，但這附近的居民都知道他的個性。

他是個興致一來，想殺死誰就殺死誰的傢伙。

所以縱使勒格安斯好相處，也沒有人敢騎到他的頭上。就算他真的殺死誰，也不會有人敢吭聲，說他是這一帶的惡霸一點也不為過。

最後，骷髏王只能硬生生嚥下這口氣，壓抑著憤怒指向一旁：「滾。」

「耶謝啦，我們走吧，諾爾。」無頭爵士回過頭開心地說。

被這戲劇性的轉折弄得有些愣住的諾爾看著勒格安斯，不久回過神點點頭，在骷髏們咬牙切齒、恨不得把他生吞活剝的注視下安然離開。

「感謝。」

被帶離骷髏們的地盤後，諾爾率先開口道了謝。他原以為無頭爵士只是個煩人的傢伙，沒想到會意外被他搭救，他忽然覺得這名幻獸其實還不錯。

「沒什麼啦，碰巧路過而已。不過你這傢伙真的很乾脆耶，逃不過就直接放棄掙扎。」

諾爾聳聳肩。

「我覺得呢，你偶爾還是要掙扎一下比較好喔。」勒格安斯抱著自己的頭，指了指諾爾。「不然愛你的人會傷心的。」

諾爾不太明白為何勒格安斯會說出這番話。在幻獸界，死亡常常離幻獸們只有一步之遙，他們早就習慣捕食與被捕食的生活了，何時被殺死都不是一件奇怪的事。即使會感到傷心，終究也會習慣的，因爲這就是他們所處的世界。

勒格安斯似乎看出了他的疑惑，卻沒有多做解釋，只是笑著說：「等你有重要的人後就會明白了。」

對於這類複雜的事，諾爾也不打算思考太多，於是他點點頭，把這件事拋到腦後。重要的人也不是隨便找就能有的，該出現的時候自己就會出現，至少他是這麼想的。

「我先走了。」他拋下這句簡短的話，準備返回久違的艾爾狄亞，看看克莉絲他們平安回去了沒有。

「喔，有空再來玩啊，或者我去你們那裡也行，我們好像住得挺近的嘛，哈哈哈！」

諾爾一時無語，但這話確實沒錯，勒格安斯住在這一帶，而這附近的通道正好與艾爾狄亞旁邊的森林相連。不過森林裡大多生活著無害、與世無爭的畜牧型幻獸，諾爾覺得如果勒格安斯眞的過去了，可能會把他們給嚇死。

勒格安斯帶他來到某條街道的尾端，正是他當初前來深淵時傳送到的地方。勒格安斯表示，只要再說一次通關密語就能回去，於是諾爾打算照做，不過那又臭又長的通關密語究竟是什麼來著？他有點忘了。

「從前有個襪子被幻獸的召喚師臭死。」

什麼事也沒發生。

「從前有個召喚師被幻獸的襪子臭死。」

一樣毫無動靜。

諾爾站在原地苦思到底是哪裡出了錯。他本來就不喜歡說一長串話，偏偏怎麼說都不對，這對他而言簡直是酷刑。

「哈哈哈哈哈！你、你到底在幹麼啦！」

一旁的無頭爵士早就笑得上氣不接下氣，他摀著肚子不斷拍打著馬兒的頸子，馬頭上的頭盔也笑到快掉下來。

諾爾默默看了他一眼，眉頭再度蹙起。

「那你說。」他提議。

「我也不知道啊，我沒在管通關密語這東西的。」

勒格安斯學諾爾聳聳肩，就在諾爾以爲他是因爲至今爲止都待在深淵、沒去過幻獸界其他地方時，勒格安斯舉起了劍，像擲標槍一樣往上空用力一射。

一陣強風從空中襲來，他們的頭頂出現一道形似颱風的黑色漩渦，還帶著劈啪作響的雷電。

「……」

「下次見啦，諾爾。」在諾爾跳進漩渦之前，勒格安斯愉快地跟他揮手道別。

諾爾回去之後，發現菲特納跟克莉絲早已在湖邊等候多時，兩人一見到他便嘰嘰喳喳講個不停，還問了一堆問題，最後諾爾又選擇開啟放空模式逃避。

三人順利回到艾爾狄亞，諾爾終於回歸了平靜的日子。他現在有大把時間可以躺在一望無際的草地上睡懶覺，被召喚時也跟以前一樣，把召喚師的指令當耳邊風，這種日子正是他一直以來過的生活，但不知爲何，諾爾卻開心不起來。

他躺在草地上，翻來覆去的，就是睡不著，就好像躺在一顆豌豆上似的，明明床很舒服，卻怎樣都無法忽視那塊疙瘩。最後他下了山，默默來到酒館喝酒。

理所當然的，諾爾在酒館見到了菲特納，這位常客又喝到爛醉了，不過這次他的身旁還跟著赫拉克莉絲。這讓諾爾不禁懷疑，這兩人表面上吵歸吵，但實際上感情應該還不錯。

「喲，你居然會主動來喝酒！應該約我一起啊！」菲特納一看見諾爾，立刻上前跟他勾肩搭背，還主動把自己的酒杯靠過來乾杯。

「……」諾爾沉默不語。

「嘿嘿，看那張臉就知道是一個人來喝悶酒了。」同樣喝得醉醺醺的金髮美女也攬上他的肩，整個人軟軟地趴在他身上。

「……」諾爾有時候眞的覺得這兩人眞的很像人間界的中年大叔，一有什麼事就要把自己喝到爛醉。

「說吧，又有什麼煩惱了？本小姐可以幫你解決喔。」

「……」

「不會吧？你在鬧脾氣？別這樣嘛諾爾，我們很好商量的，有什麼事都可以幫你的！」

「我不想跟醉漢講話。」

「幹麼這樣——」

「我猜猜，該不會還在想上次那個召喚師的事？」

噗的一聲，諾爾嗆到了。

「哈哈，果然！你到底是有多中意他啊？那孩子有那麼好嗎？居然讓一向不甩召喚師的你這麼掛心。」

「妳有所不知，諾爾跟我說過，那個召喚師不但不會對他發脾氣，甚至還會摸他餵他。」

「這麼好，我也要，本小姐最喜歡可以隨意蹂躪的可愛男孩子了。他A級了沒？」

「……他是D。」

「別騙人了，他能召喚你耶。」

見諾爾靜默下來，並不像在說謊的樣子，克莉絲忍不住嘴角上揚。

她那白嫩的臉蛋因爲醉意而染上一層紅暈，讓她看起來更加楚楚動人。在克莉絲定居於艾爾狄亞之前，有不少幻獸爲她的美貌著迷，直到她來到了這裡。

艾爾狄亞是個與世隔絕的小村落，沒有紙醉金迷的社會風氣、也沒有爾虞我詐的心機鬥爭，此處居住的都是像諾爾這樣喜歡過自己生活的幻獸。雖然來到這裡後，不再有那麼多人寵著她、圍著她轉，但克莉絲得到了前所未有的平靜。

雖然爛男人還是很多，但至少不再有人因爲她的身價而試圖利用她，當她跟別人離開的時候，這個艾爾狄亞的守護者也因爲過去她無心的一句「喜歡艾爾狄亞」，而特地闖入敵陣營救。

沒辦法，這次就讓她來提點一下這隻不成材的幻獸吧。

「你想去找那個孩子嗎？」

「……他怕我。」

「但是你不覺得很奇怪嗎？你明明什麼都沒做，他卻怕你，難道你不想了解事情的眞相？」

諾爾沉默了，他確實想知道眞相。奈西會被他嚇成那樣實在很不尋常，他的幻獸身姿就好像勾起了奈西內心最深層的恐懼一般，讓奈西徹底崩潰。如果沒有這個問題，奈西應該會是不輸伊萊的潛力股才對，可是他卻扼殺了自身的可能性，自己將美好光輝的未來抹去，選擇當一個被人嘲笑的軟弱召喚師。

雖然不知道原因，但諾爾知道的是，奈西不該這樣被對待。他是一個對幻獸無比友善的召喚師，就憑這點，他便值得更好的待遇。

「諾爾！終於找到你了。」

一個聲音從門口傳來，三人回頭一看，是白兔托比。他匆匆忙忙地跑過來，跳上椅子後再跳到吧檯的桌面上。

「我聽說你從深淵回來了，到處在找你，沒想到你居然在跟這兩個醉鬼喝酒，真不像話。」托比雙手抱胸搖搖頭。

「誰是醉鬼啊！」

「就是說嘛，我才不是醉鬼呢……」

看著一左一右掛在諾爾肩上的一狼一羊，托比無言了。「好吧，我看你也挺辛苦的，算了。」

諾爾用一副「理解就好」的表情點了點頭。

「總之，我有事要拜託你，跟我來。」托比握住諾爾的手，試圖把他從兩個醉鬼身邊拉離，而諾爾也很乾脆地跟他走，他很樂意擺脫這兩個發酒瘋的傢伙。他們無視身後兩個醉鬼的叫喊，離開了酒館。

「奈西還好？」在跟著托比返回山上的路途中，諾爾忍不住詢問。想到奈西那天被嚇成這樣，諾爾很擔心會讓他留下心靈創傷。

托比點點頭。「他恢復正常了。只是現在召喚變得更加小心，會指定級數。」

所謂的召喚就像使用搜尋引擎，召喚師在召喚時都會都會說出關鍵字，以縮小召喚範圍，若沒有指定級數，召喚門通常會選擇一隻跟召喚師能力差不多的幻獸。奈西之所以會召喚出諾爾就是因爲沒有指定級數，他猜想，奈西可能是認爲羊族普遍以C到D級居多，所以才沒這麼做。

「你一定覺得奈西很奇怪。他確實跟一般的人類小孩不太一樣，因爲他是幻獸養大的。」

這個驚人的事實讓諾爾微微睜大雙眼，停下腳步看向托比。

「奈西的父母從小就不在他身邊，他在擁有記憶以前，便已經被幻獸撫養了很長一段時間。他沒有父母與兄弟姊妹，唯一陪伴他的家人只有幻獸們，所以奈西從小就不斷召喚幻獸出來陪他。他渴望有人能夠一直待在自己身邊，不要醒來時永遠都是獨自一人，所以不斷地訓練自己在任何狀態下都能持續釋放出魔力，這也是爲什麼他昏倒後你仍回不去的原因。」

「我伴著奈西已經很多年，是我教他讀書的。如你所見，他其實是個很有才華的召喚師，小時候他常常跟附近的孩子互相切磋，這一帶除了伊萊那小子以外，沒人贏得了他。本來一切都很美好，直到十歲那一年……發生了一件事。」

「那是個風光明媚的午後，本來應該在跟附近小孩玩耍的奈西忽然飛奔回家，把自己關在房間裡大哭。無論我們怎麼問，他一個字都不肯說，從此之後他再也不召喚與自身實力相符的幻獸。」

「後來，他還是憑著對幻獸的熱愛與了解考進了國家召喚師學院，但那可是國內最頂尖的召喚師學院啊，就算他有豐富的幻獸知識，沒辦法召喚高等幻獸一樣是弱者。但奈西說什麼也不願意召喚B級甚至以上的幻獸，爲了不讓自己被退學，召喚C級已經是他的極限。」

說到此處，像是感到痛苦似的，白兔摀住了臉。「那些頂尖的學生們無法忍受看似資質低劣卻跟他們同在這所學校的奈西，都笑他是什麼E級召喚師，總是召喚高等幻獸欺負他，連老師也看不起他。但都到這種地步了，他還是堅決不肯召喚高等幻獸，記得他輝煌過去的只剩下伊萊。」

「沒有任何人，知道當年發生了什麼事？」

托比搖搖頭。

「坦白說，見到你我很驚訝。但也因爲你這傢伙裝傻，才讓奈西終於有了一隻B級幻獸。在得知是你把原本打算攻擊奈西家的火蜥趕走後，我便明白了，事情不能這樣下去。」

「既然有那個實力，就應該保護自己與身邊的人。這點你最清楚了，拜託你去見奈西，讓他了解。我不想再看那孩子故步自封，葬送自己的未來。」

諾爾沉默地看著托比。良久，才緩緩開口：「但是他怕我。」

「他只怕他親自召喚出來的你，如果是別人召喚的就不怕了。隨便找個人召喚你，然後去見他吧！」

話雖這麼說，但要指定召喚諾爾，就必須擁有他的契文。契文是幻獸們的項圈，除非是強到變態的S級幻獸，否則不會有幻獸隨便把自己的契文交出去。諾爾當然也不想把自己的契文交給不認識的人，不過他很快就想到一個合適的人選。

「找伊萊。」他說。「把我的契文給他。」

托比嚇得整隻兔彈起來。「伊萊？別、別開玩笑了，要是我敢踏進他家，那些龍會把我吃掉的！」

「去學校。」

「學校也有很多可怕的幻獸啊啊啊……」

諾爾只是看著托比。

「我、我知道了！為了奈西，我會努力的！」托比掙扎了一下，隨即抱著必死的決心，握緊拳頭鼓勵自己。

諾爾點點頭。

他很討厭麻煩，一直以來對於麻煩都是能避則避，可是唯獨這個召喚師的事讓他無法不在意。他不知道是否因爲奈西的特別吸引了他，亦或是他在奈西身上找到了自己想追尋的東西。他目前唯一知道只有——他不能放著這少年不管。

所以，他要去改變奈西。

第六章

隔天，當托比被召喚後，諾爾就一直在等伊萊的召喚門出現。這段期間當然也有其他人召喚他，而他照樣沒有理會任何召喚師的命令，因此每次過門後不到半小時就被送回來，最後終於在下午等到了伊萊的召喚。

當他穿過門時，伊萊皺眉看著他，看起來有些不敢置信。

「你這傢伙居然意外的耗魔。」他闔上一本小書，丟給站在一旁的托比。托比抱住那本書，諾爾發現上面寫著幾個大字：「艾爾狄亞居民登記簿」，頓時有些無語，因為托比居然把這麼重要的東西拿出來。艾爾狄亞還是有很多在人類眼中十分稀有的幻獸，赫拉克莉絲就是典型的例子，幸好眼前是對其他種族沒興趣的龍族召喚師伊萊。

此刻他們待在一間空教室裡，伊萊的身旁並沒有使魔跟著，而托比看起來一副快虛脫的樣子，想必花了很多心力才來到這裡。

「剛好我的召喚時限到了，不用特地跑回家眞是太好了……諾爾！我都幫你這麼多了，給我治好奈西！」在跳進浮現在身旁的召喚門裡之前，托比指著諾爾憤慨地丟下這句話。

「你要找奈西對吧？」托比離去後，伊萊開口了。他神色複雜的看著諾爾，似乎有話要說。

「怎麼？」

「我只是在思考自己是不是做錯了。」他悶悶不樂地說。「那傢伙是我的青梅竹馬，他是個很奇怪的人，身邊總是跟著幻獸，而且從不會用意志去控制他們。可是我們家一直強調著『意志』的重要性，認爲缺乏意志就馴服不了任何幻獸，至少在遇到奈西之前，我是這麼想的。」

「但是他教會我人與幻獸之間並不是只有主從關係，他就算不用意志也能跟我打得不分上下，因此我開始了解，使用意志並不是收服幻獸的唯一辦法，像他這樣全心全意爲幻獸著想才是最好的。奈西既是我的勁敵，也是我學習的對象，但是一切都在五年前的某一天有了轉變。」

聽到這裡，諾爾忍不住開口問：「你知道當年的事？」

可惜的是，伊萊搖了搖頭。

「有一天，他不再出現在我們平常見面的地方，我去他家找他，他卻堅決地跟我說，他再也不會玩召喚戰鬥的遊戲了，我們因此大吵一架，從此漸漸斷了聯絡。我一直沒辦法諒解奈西當年的決定，也對他在學校的表現感到生氣……直到我看見他對你的恐懼。」

他的眼神悲傷起來，語氣也多了一絲懊悔。

「我只怪罪他不再戰鬥，卻沒想過他當年到底發生了什麼事。說不定他這幾年來都活在那時的恐懼中，我身爲他的朋友卻沒有注意到。可就算我去問他，他也只是笑著打發我，完全不想提及。」

面對伊萊這番毫無保留的自白與悲傷的神情，諾爾立刻就明白爲何他會特地說這些話。

「你想知道當年的事。」

伊萊沒有回答，只是靜靜站在原地，形同默認。

在朋友最需要幫助的時候，他什麼也沒做，晚了五年才發現這點的他想要彌補，可是奈西早已與他拉開距離。伊萊束手無策，唯一能拜託的只有諾爾。

「交給我。」像是要讓伊萊放心似的，諾爾堅定地說，但是下一句話立刻破壞了氣氛：「羊有治癒人心的作用。」

「……果然相處越久越覺得你不要臉。」

諾爾聳聳肩，轉身離開，順便丟下一句話：「羊不需要臉皮。」

「……」

雖然學校很大，但要找奈西並不難，人人都知道學校裡有一個「E級召喚師」，沒多久諾爾就打聽到奈西正在某間教室上課。

他光明正大地打開門走進教室，裡面有很多學生，不過沒有任何人注意到他，因為這間教室差不多有一般授課用教室的兩三倍大，中間有一塊凹下去將近一層樓深的長方形空地，座位則圍繞著空地以階梯的形式延伸向上。學生們的目光都集中在中間的空地，就連諾爾慢慢走到階梯最下方，也沒人注意到有個不是學生的傢伙跑了進來。

空地兩邊分別站了一個人，其中一個正是奈西。他的對面站著穿著相同制服的學生，那人面前有一隻魁梧的幻獸，身高比普通人類還要高上幾顆頭，渾身長著白毛，體型十分壯碩，外表乍看之下就像熊與人的混合體，有著類似熊的頭以及人類的體格。

諾爾知道這種幻獸，通常只有在幻獸界下雪的高山上才能見到，俗稱雪怪。

那名召喚師得意地看著奈西，可憐的奈西手忙腳亂地翻著自己的魔導書，但無論他怎麼翻，都找不到適合的幻獸對付雪怪。

諾爾知道奈西有隻幻獸或許可以跟雪怪一較高下——小蘋果。不過依奈西的個性，就算小蘋果現在能出現在這裡，他也不會召喚，因為如果拿小蘋果上去硬拚，就算能獲勝也一定是兩敗俱傷。

「怎麼了，奈西？快召喚呀，這隻幻獸可是C級喔，你的極限不是C嗎？應該能應付吧？」

「是、是沒錯……可是這隻幻獸也太……」

奈西陷入了兩難。他的魔導書裡幾乎都是弱小的幻獸，當然不可能叫他們出來被虐，可若要跟這隻雪怪匹敵，他又必須召喚跟雪怪體型差不多的幻獸出來，偏偏他就是害怕又大又嚇人的幻獸。

「喂，別欺負人家了啦，召喚什麼雪怪出來，不是擺明要虐他嗎？」

「你明明知道奈西幾乎都召喚小型幻獸。」

場外的學生們雖然嘴上這麼說，臉上卻都露出了嘲弄的笑容，一臉等著看好戲的樣子。

諾爾也想看好戲。

所以他蹤身一躍，跳進了場地中。

當眾人看見奈西面前忽然從天而降一隻幻獸時，瞬間都噤了聲，但很快就鼓譟起來。

「喂！哪來的幻獸啊，不要來亂！」

「誰家的幻獸，快收回去好不好？好戲才正要開始耶。」

面對來自四面八方的叫罵，諾爾只是無聊的打了個呵欠，而他身後的奈西完全嚇呆了，但並沒有像上次一樣嚇到崩潰。

「諾、諾爾？」他的聲音仍有一絲顫抖。

「我是奈西五個小時前召喚的幻獸。」諾爾以平靜無波的語氣對在場眾人睜眼說瞎話。

「你騙誰啊，五個小時前？」

「根本說謊不打草稿！我從沒看過奈西召喚出你這傢——等一下，好像眞的看過……」

「我記得他！是在期中考出現的帥哥啊！那時候本來很想要他的契文，可惜被奈西帶走了……」

「奈西。」諾爾輕喚，轉過身緩緩走去。奈西心頭一驚，整個人呆立在原地，任由諾爾走過來環抱住他的肩膀。

像是對待一隻容易受驚的小動物般，諾爾的動作相當溫柔且小心翼翼，他輕輕將臉頰貼到奈西的頭上，委屈地說：「爲什麼丟下我。一個人在家，好寂寞。」

奈西的身子十分僵硬，整個表情也凝住了，不知是被嚇傻了，還是對這突然的發展反應不過來，但黏在他肩上的伊娃對於諾爾的歸來顯然相當高興，她抬起頭抖了抖觸角，兩隻前腳搭上諾爾的手臂。

「養在家裡的幻獸？哼，不過就是隻寵物嘛。喂！既然寵物都來了，叫他上場啊！」站在奈西對面的同學已經接受諾爾的說詞，開始叫囂。

「奈西，你的幻獸？」在上方觀戰的老師也開口。「是就快讓他上場，你在選幻獸上已經浪費夠多時間了。」

「哎？這、這個……可是他……我……」

在老師的催促下勉強回過神的奈西試圖消化眼前的事實，但他的腦袋打結了，轉不過來，諾爾只好放開他，自動自發地往場上走。

「等、等等！諾爾！」眼看諾爾眞的打算上場，奈西終於眞正回神，連忙叫住他。少年錯愕地盯著這名頂著羊角、神色自若的幻獸，幾乎說不出話。「爲什麼……」

諾爾沒有回應，只是回頭看了奈西一眼，然後微微一笑。

奈西因爲那一閃即逝的笑容而再度愣住，只能呆呆地望著諾爾。

他第一次知道，原來諾爾也會笑。事實上，就連諾爾的幻獸同伴也幾乎沒見過他笑，諾爾除了皺眉以外，幾乎不會有什麼表情。

這個微笑阻止了奈西的猶豫，場邊催促開戰的呼聲四起，老師隨即宣布比試開始。

「去吧，打死那隻寵物羊！」對面的召喚師猛然伸手指向諾爾，意氣風發地下令，雪怪手臂上的契文發出光芒，怒吼一聲朝諾爾衝去。

諾爾依舊是一副面無表情的樣子，他也懶得動，對手願意自己過來當然是最好。他就這樣看著個頭高大的雪怪踏著沉重的步伐奔來，在雪怪揮手就要把他拍扁之際，才抬腿朝對方用力一踢——

雪怪瞬間倒飛出去撞上牆壁，其衝擊力強到讓他整隻都陷進了牆壁裡。

這一瞬間，整間教室鴉雀無聲。

在場所有人都呆呆地看著諾爾，奈西更是呆得最徹底的一個。若不是見過諾爾的幻獸形態，說什麼他也不會相信諾爾這麼強。而對已經能跟A級幻獸一戰的諾爾來說，他已經能完美征服所有C級以下的幻獸，不到B級根本無法逼他拔劍。

「還有？」他瞄了一眼眾人。

「可、可惡，騙誰啊！奈西的召喚獸怎麼可能這麼強！」

上次那個帶著禿鷹使魔的大塊頭站在場外，他攤開了自己的魔導書，將手放到書頁上，一個召喚陣在場上出現。

「召喚，傀儡族，賽維爾的盔甲！」

一名穿著破爛盔甲、戴著全罩式頭盔的士兵從召喚陣裡冒出，他手持一把長矛，跌跌撞撞地朝諾爾走去。

諾爾記得賽維爾的盔甲總是一副要死不活的頹廢模樣，有不少人會因此而鬆懈，但他們什麼都慢，唯獨在某個時候例外——

一陣風從諾爾耳邊呼嘯而過，生鏽的矛尖瞬間擦過他的臉頰。

沒錯，那就是他們攻擊的時候。

這些士兵只有在揮矛刺擊時速度極快，而且都是精準地往要害攻擊，與他們之間的戰鬥往往瞬間就能分出勝負。

不過諾爾早就知道這點了，他在千鈞一髮之際往旁邊移動一步，閃開關鍵的刺擊，然後在士兵還維持著同樣的動作、準備慢吞吞地收回長矛時，往對方的側腹一踢，賽維爾的盔甲立刻像斷了線的傀儡般癱軟地倒在地上。

諾爾打了個呵欠，那無神的雙眼與心不在焉的表現跟大塊頭他們初次見到的模樣毫無差別，明明看起來渾身都是破綻，但就是打不贏。

當所有人都意識到這點時，諾爾已經解決五隻幻獸了。他踢開一隻蜘蛛，開始納悶爲什麼這些人類都派出C級幻獸，既然已經看見他秒殺C級幻獸了，就該派B級以上出來啊，可這些人類就跟飛蛾撲火似的，一直召喚C級。

因爲不想浪費力氣，他直接開口：「沒B以上不要來。」

「……」

望著一個沉默地怒視著他，恨不得把他大卸八塊的年輕人類，諾爾歪了歪頭。看樣子剛剛奈西的對手根本是虛張聲勢，把自己說得好像很厲害一樣，實際上極限根本也只有C。

覺得這樣下去沒意義，諾爾轉身走回奈西身邊。

「奈西。」諾爾朝依然處於呆滯狀態的奈西伸出手，一把抱起他，讓他坐在自己的手臂上，抬頭以略帶撒嬌的語氣說：「這裡好無聊，走。」

「什、什麼？」

當奈西回神過來錯愕地喊出聲時，諾爾已經帶著他跳到場外，走出了教室。

「等、等等！諾爾！放我下來！」

奈西晃著雙腿，掙扎著想從諾爾身上下來，而諾爾在走到比較僻靜的地方後便乖乖將人放下，奈西立刻與他拉開距離。

「你、你……爲什麼……」奈西指著他，腦中無比混亂，連話都說不清。

諾爾知道奈西想問什麼，於是很快地回答了：「伊萊召喚我。」

「伊萊？他怎麼會召喚你！」

「我叫他召喚的。」

奈西沉默下來，他低頭緊抿著唇，像是下定了決心似的轉身背向諾爾。

「抱歉……諾爾，我不會再召喚你了。你也看到我當時的樣子了吧，那就是我召喚高等幻獸的後果。」

「爲什麼？」

「你是想問爲何我現在能平靜地跟你說話，那時卻不行嗎？」奈西的聲音充滿苦澀。「因爲召喚你的人是我啊……沒有能力、無法控制任何幻獸的我。我跟伊萊不同，他召喚出來的高等幻獸都是令人安心的強大存在，而我……我召喚出來的高等幻獸，卻會讓我永遠活在可能下一秒就被反撲吃掉的恐懼中。」

諾爾靜靜地凝視著他的背影。

「我知道，你一定想說你很溫馴，不會做這種事。可是啊……諾爾。」奈西回頭看向他，哀傷地笑了。「無論我再怎麼說服自己也無法相信這點，我不信任你，更不信任我自己。我只要想到我曾經放任你跟小蘋果和地精們共處，無比的悔恨與恐懼就會從心中蜂湧而出。」

所以那天才會崩潰成那樣嗎？因爲他的刻意隱瞞，導致奈西一度讓自己心愛的幻獸們待在他身邊。

看著奈西悲傷的神情，不知爲何，諾爾突然猜到當年發生了什麼事。

「被攻擊過？」

奈西沒有回答，只是垂著頭。

「爲什麼，不鍛鍊意志？」

「……」

「你不必過這樣的生活。」

「你果然跟托比是同鄉呢。」奈西長嘆一口氣，無可奈何地說。「這件事有這麼重要嗎？」

諾爾皺起眉頭。

「考試不及格也好、被人瞧不起也罷，種種受欺負與不順遂的事……」奈西握緊拳頭，以至今爲止諾爾見過最堅決的態度說：「在寶貴的生命面前，都一點也不重要！」

諾爾第一次知道，奈西也擁有這種眼神。這名少年總是露出無奈的微笑，獨自承受各種欺凌與羞辱，面對他的任性也總是寬容地接納。但顯然對奈西來說，什麼都可以不在乎，唯獨這件事他絕不會讓步。

奈西瞪著諾爾，眼中充滿了堅定。他的目光沒有任何迷惘與膽怯，也沒有一絲商量的餘地。

「這是我自己決定的人生，對於所有苦痛我都早已有了覺悟並接受，你們什麼也不了解，沒資格否定我的道路！」

聽著奈西斬釘截鐵的宣言，諾爾忽然明白了。

確實，他對奈西當年遭遇的事情全然不了解，或許沒資格去說他的不是。但有一點他是明白的。

奈西走在與他相反的道路上。

只要不召喚強悍的幻獸，就不會傷害到任何人，所以奈西選擇隱藏起自己的實力；而諾爾的過去與奈西截然相反。

他活在一個若不變強，就會不斷見到同伴死亡的世界裡。

「我原本是D級。」諾爾語氣平淡地表示，這句話讓奈西一愣。「我的家鄉一直是，其他幻獸獵食的熱門地點。所以我……讓自己變強，保護大家。」

「有時候，就算你什麼都不做，別人也會……威脅你與身邊的人。所以，變強是必要的。」

奈西沉默不語。

「在你初次召喚出我的那天，若沒有我，伊娃可能就受傷。」

「……」

「在你第二次召喚我時，若沒有我，你家就會燒起來。」

「……」

「即使如此，你還是不願變強嗎？」

這些話顯然讓奈西動搖了，他後退一步盯著地面，臉色變得有些蒼白。

「我……」

「奈西。」諾爾走向他，在他呆愣的注視下輕輕拉起他的手，放到自己的臉頰上。「召喚我。」

彷彿很喜歡奈西掌心的溫度，諾爾的臉不自覺地蹭了過去，舒服地閉上雙眼。

「就算你不用意志命令我……我也會憑，自己的意志，保護你。」

黑霧纏繞上諾爾的身軀，他變得越來越大，最終化爲巨大的黑羊。那身柔順的黑毛在陽光的照射下閃閃發亮，他睜開明亮的綠眼，直挺挺地站在奈西前方。

奈西睜大眼睛，手仍然停留在諾爾的臉頰上，但如今觸摸到的卻是一張毛茸茸的臉。

他僵在原地，明明知道自己應該要立即拿開手，離諾爾遠一點，可是內心深處又有個聲音要他不要這麼做。

眼前不是當年帶給他心理創傷的幻獸，亦不是那些不使用意志控制就會反撲的危險幻獸。

他是諾爾。

那個在他面前無比溫馴，會對他撒嬌、會保護他的幻獸與他的諾爾瑟斯。

「諾爾……」

放學鐘聲在此時悠悠響起，迴盪於校園的每一個角落，奈西像是神智突然被拉回似的收回了手，避開諾爾的目光，再度露出憂傷的神色。

「對不起……你先回去吧。」

見奈西無論如何都不肯再多說什麼，諾爾嘆了口氣，後退幾步，一鼓作氣跳到屋頂上離開了這裡。

當諾爾鬱鬱寡歡的回到伊萊身邊時，伊萊只是挑了挑眉，什麼也沒問。奈西一旦固執起來，就連厚臉皮的諾爾也無法攻破，了解到這點的他只是輕輕一嘆。

諾爾化為人形，垮著肩膀對伊萊說：「放我回去。」

面對諾爾這句彷彿控訴自己受到囚禁的台詞，伊萊瞪了他一眼，但並沒有如諾爾所願開啟召喚門。

「我花了這麼多魔力召喚你，你不覺得該還我點恩情嗎？」

「……」

「跟我來。」伊萊走向學校大門。

有鑑於以後可能還要靠他召喚，諾爾只能悶悶不樂地跟著走。

半途中，伊萊身旁突然自動浮現一個召喚陣，他的綠色使魔龍冒了出來。

「伊萊，你在做什麼？」他看著伊萊，語氣充滿了不認同。「你該不會想把這隻羊帶回家吧？身為龍族召喚師，帶其他種族的幻獸回家簡直是恥辱！」

「現在管不了這麼多，我有件要緊的事得做，需要一隻人形幻獸幫我。」伊萊的表情很嚴肅。「你來得正好，載我回家，越快越好。」

伊萊騎上他的龍，而諾爾默默盯著他們。

一人一龍察覺到他的意圖，於是冷冷地看著他，異口同聲說：「自己跑。」

「……」

才離開奈西沒多久，諾爾就後悔了。

伊萊家是一棟豪宅，雖然沒有骷髏王的家那麼大，但跟奈西家比起來也大了十幾倍，精緻工整的白色建築散發出莊嚴的氣息，前院的大門前有兩座栩栩如生的龍雕像鎮守。

整座宅邸被長槍般尖銳的黑色尖矛圍牆環繞，令人感到壓迫的森嚴感儼然告訴著所有人，這裡是非請勿入之地，而事實上也正是如此。這個城鎮的人都知道，芬里爾家是不能隨便接近的。

人人都曉得，他們家的「看門狗」可不是什麼隨便的角色，就算只是溜狗在圍牆邊撒個尿，也可能會被「看門狗」連人帶寵物一起吃掉，所以城鎮裡的居民總是離芬里爾家越遠越好。

諾爾跟著伊萊他們進入宅邸後，見到大門的廳堂中間也立著一座龍雕像，兩旁以大理石地磚鋪就的長廊上更掛著各式各樣龍的畫像。芬里爾家就像一座龍族博物館，到處都看得見龍的蹤影。

「你家好嚇人。」諾爾一路走馬看花，冷靜地下了評論。

「等你看過本家的宅邸，就會覺得我家很普通了。」

「本家？」

「你以爲鼎鼎大名的芬里爾家只有這棟小房子？」顯然覺得諾爾見識淺薄，使魔龍不屑地哼了一聲。「這只是其中一棟宅邸而已，家主一家都住在本家。」

「這裡只有我們家……以及我阿姨艾琳娜。」伊萊不太情願地補上後面那句。一提到這位親戚，他的語調就忍不住轉爲憤怒：「她不受本家歡迎，被趕了出來，我們家好心收留她，結果卻給我們捅了個大婁子！」

「那個人，後來？」

諾爾記得她被一個騎著巨龍的召喚師帶走了，不過他還是有些擔心。那個召喚師對他們幻獸來說根本是個噩夢，只要想到龍族隨時有可能被那女人召喚，他就忍不住同情起他們來。

「被我爺爺帶走了，現在在本家關禁閉。」伊萊的表情有些不滿：「本來以她引起的災難，應該要被抓去關的，但爺爺爲了不讓家醜外揚，硬是把這件事壓下來，只是讓阿姨待在本家幾天好好反省自己。不過算了，她不在正是個好機會，我們去掀了她的老巢。」

「伊萊，你瘋了嗎？」使魔龍嚇得跳了起來，連忙擋在伊萊身前。「要是被艾琳娜知道，你肯定吃不完兜著走！」

「我知道，但我不能放著這件事不管。」伊萊十分堅定地向前邁進，沒有一絲猶豫。「在本家審問她之前，我一直以爲她只是個怪里怪氣的親戚，直到她招出了自己的所作所爲。艾琳娜阿姨居然想消滅幻獸的意志……這種事在召喚法規中根本不被允許啊！」

「意、意志？」使魔龍嚇壞了，他向後退了一步，驚叫出聲。「這種事怎麼可能做得到！我們可是以意志堅強出名的龍族啊！」

「所以她才先拿類似的種族嘗試，例如那隻火蜥。」伊萊神情嚴肅。「爲了有朝一日能夠摧毀龍族的意志。」

「已經成功了。」諾爾開口。「那隻三頭龍。」

「那是阿姨的使魔，他不受召喚時限的保護，肯定是被折磨了很長一段時間，最終才變成那樣。」

面對這個可怕的事實，兩隻幻獸都沉默下來。

他們都知道事情的嚴重性，若是能摧毀一名A級龍族的意志，那幻獸界中除了

S級以外，已經沒有什麼幻獸難得倒她了。這個人若不做妥善處置，將來必定會成爲大患。

「我、我知道了，走吧！掀了那女人的老巢！」使魔龍豁出去了，甩了甩尾巴讓路給伊萊。

諾爾也點點頭，不再對超時工作有意見。

「看在以後大概也會有很多機會相處的分上，向你介紹一下。」雖然現在介紹有點晚了，但伊萊仍是指向自己的使魔龍。「這是我的使魔哈卡，A級龍族幻獸。哈卡他——」

「哼！居然要跟羊族打交道，芬里爾家什麼時候淪落到這種地步了？」

「……他是標準的『芬里爾家的龍』，榮譽心很重。」

諾爾表示理解的點點頭。

「我的家族代代都是芬里爾家的使魔，能服侍芬里爾家對我們而言是種榮耀。」哈卡高傲地抬起頭。「尤其是伊萊，他可是十五歲就得到A級召喚師資格的天才，你家那個E級召喚師可差得遠了。」

「那是因爲你沒跟奈西打過……他十歲就能召喚B級幻獸了。」

聽見「十歲」這個關鍵字，諾爾忍不住皺起眉頭。也正好是十歲那年，奈西不願再召喚高等幻獸，但當年的眞相除了當事者外，沒有任何人清楚。

他們來到走廊底部的一個房間前，伊萊光明正大地開門走進去，呈現在他們眼前的是一間舒適奢華的書房。

「這是我阿姨的書房。」在一龍一羊打量著這個房間時，伊萊解釋。「她整天把自己關在這間書房裡，那天的火蜥就是從這跑出來的。」

雖然這麼說，但書房中完全沒有凌亂的跡象，連精緻的雕龍花瓶都好好地置於書櫃上，書桌上的茶具也整齊地擺放著。

「幻獸肯定會拚命掙扎抵抗她的意志，如果要做實驗的話，不會在這種放滿了脆弱物品的地方吧？」

「我也是這樣想，可事實就是如此。一定有哪裡暗藏玄機，找一下。」

於是一行人開始仔細搜索這間書房的可疑之處，一般來說，如果有暗門的話，通常會設置在難以注意到的地方，或者會有機關隱藏在某處。伊萊試著抽出書櫃裡的每一本書，但書籍實在太多了，短時間內根本檢查不完；哈卡則像隻狗一樣到處嗅聞並爬來爬去，不放過任何一個角落。

「嗯？」過沒多久，哈卡便注意到壁爐那裡不太對，他叼走幾塊木頭，敲了敲壁爐內部的地面。「這好像是空心的，旁邊也有細縫，冷風都吹上來了。」

「好極了，快找找附近有什麼機關——」伊萊話還沒說完，諾爾便朝壁爐內暴力一踩，地面整個碎裂凹陷下去，一道階梯立刻露了出來。

望了一眼無語看著他的主僕，諾爾面無表情的說：「不是要掀了老巢？」

伊萊一手扶住額，揮了揮另一隻手。「算了，走。」

「你這傢伙眞是比想像中的還不要臉，在那個E級召喚師面前很會裝嘛。」他們緩緩走下陰暗的階梯，哈卡跟在伊萊身後，忍不住回頭嗆了諾爾一句。

諾爾聳聳肩。

「我在離開學校之前，聽說了奈西的幻獸把班上同學的幻獸秒殺的事情，肯定是你幹的。」伊萊的聲音從前方傳來。

「他們太弱。」明知道派C級會被秒殺，還硬要一直派C級上來，根本討打。

「我們這個年紀的人程度本來就在C級，這是正常的。」

「你爲何異於常人？」

「……要不是現在四周這麼暗，我絕對會去打你。」

「無禮的傢伙，居然這樣說伊萊！皮在癢了嗎？看我教訓你！」

「等等！你們不要在階梯上打起來！」

「哼哼哼……」

忽然，底下傳來一陣不懷好意的低沉笑聲。邪惡的低笑迴盪在整個空間，讓人不禁打起寒顫。

本來還在打鬧的他們立刻停下動作，一同望向階梯下方。他們已經走一陣子了，這裡彷彿深不見底，也沒有半點光源，伸手不見五指，唯一能做的只有沿著階梯不斷往下走。可是現在，黑暗中居然傳出了彷彿來自深淵的笑聲。

「我聞到活人的味道了呢……哼哼哼……來呀……下來吧……不要怕……」彷彿壓抑著興奮的情緒，那個聲音充滿期待地斷聲說。「我不會吃了你們的……」

「伊萊，別下去。」哈卡立即來到伊萊前方，發出憤怒的低吼聲，對下面喊道：「是誰！快滾出來！不要只會躲在黑暗裡！」

「也是呢……人類就是害怕黑暗的生物啊……眞是沒辦法，來吧……」

一支掛在牆上的火把忽然燃起，接著像是骨牌效應一樣，一支接一支火把亮起，照亮了室內。

終於看清眼前的景象後，伊萊倒抽了一口氣，諾爾和哈卡也忍不住屏息。階梯的盡頭是一間寬廣的地下室，偌大的空間即使塞下一名骷髏王也綽綽有餘，但裝潢十分簡陋，就好像本來只是用來當作倉庫一般，牆面和地上都是塵土。放眼望去，到處皆是大小不一的鐵籠，每個籠子前都擺了一本魔導書。籠內有許多抓痕，乾涸的血跡沾附在鐵欄上，整個地下室瀰漫著令人作嘔的難聞氣味。

惡鬼般的低沉聲音再度從陰暗的深處傳來——

「嘿嘿……歡迎來到幻獸的監牢，我都稱這裡爲……地獄的六小時。」

第七章

所謂「地獄的六小時」，看來就是指被召喚到這裡的幻獸一出現就會被監禁在牢籠裡，在六小時內將不斷地遭受召喚師的意志折磨，直到自身意志被摧毀。

一股難以壓抑的憤怒從心底湧上，伊萊握緊了拳頭，對著黑暗深處咆哮：「你是阿姨的同夥對吧？給我滾出來！」

「這個熟悉的味道……哼哼，是芬里爾家的人啊。」像是沒有聽見伊萊的怒吼，那個聲音低低笑著。「過來，芬里爾家的小子……想見我就過來。」

舔唇的聲音響起，那隱身於黑暗中的不明危險令他們寒毛直豎，因爲照理來說，這裡不該存在任何東西。艾琳娜已經被關在本家好幾日，放眼望去所有籠子都是空的，而她的使魔也早就喪失意志，根本不可能像這樣跟他們對話。

因此，唯一有可能的是，黑暗深處的那東西並非幻獸，而是艾琳娜的同夥。

於是伊萊攤開了他的魔導書，邁開腳步，謹慎地往前走去。

「伊萊！」哈卡上前擋住他。

「別阻止我。做出這種事的人根本不配當一個召喚師！」火冒三丈的他邊說邊試圖推開哈卡。「契文是我們與幻獸心靈相通的橋樑，絕對不是什麼用來摧毀他們的道具！」

聞言，諾爾挑了挑眉，走過去跟哈卡一起把伊萊推到後面，接著面無表情的對著黑暗這麼說了：「開燈。」

此話一出，一人一龍都安靜下來。

「……你眞的是無時無刻都可以破壞氣氛。不要阻止我，解決那東西是我身爲芬里爾家一員的義務。」

「不用。」諾爾走到旁邊，一把搬起一個大鐵籠，朝地下室深處丟過去。

黑暗裡傳來像是撞擊到金屬物體的聲音，諾爾隨即又搬起一個籠子使勁丟去，這次依然傳來同樣的聲響。

伊萊跟哈卡睜大了雙眼，就這樣看著諾爾不斷地將籠子扔向黑暗深處，即使是看起來足以容納雪怪的籠子也照丟，清脆的撞擊聲不絕於耳。

最後，對面傳來一聲震耳欲聾的怒罵：「去他龍的丟屁啊！有事嗎！敢再丟老子吃了你！」

方才神祕的氣氛一瞬蕩然無存，霎時，黑暗深處整個被火把點亮——

有如乾掉血跡般的暗紅色身軀幾乎占滿了整個視野，銳利的黑色雙眸映著火光，一條十幾公尺長的巨龍橫在他們眼前。他渾身布滿堅硬如鐵的暗紅色鱗片，脖子下方、腹部一直到尾巴則是一片柔金色，在火光的照耀下，如此強烈的對比居然展露出駭人的美感。

他有著標準的西方龍外形，粗長的頸、孔武有力的四肢、一對足以蓋住整個身軀的血色蝙蝠翼，以及看起來能橫掃一切的龍尾。

這隻不祥的紅龍被困在一個鐵籠裡，身上纏繞著許多鐵鍊。他一看見諾爾他們便興奮地舔了舔嘴巴，不懷好意地開口：「一個芬里爾家的小子、一隻羊跟一隻小龍，不錯嘛……快過來……別怕……我不會吃了你們的……哼哼……」

說是這麼說，但他眼神裡蘊含的飢渴露骨無比，根本沒人敢踏前一步。諾爾正想開口說些什麼，伊萊卻忽然拉住他跟哈卡，後退了幾步。

伊萊滿臉驚懼，拉著兩隻幻獸的手有些發抖，而哈卡也揚起他的翅膀不斷朝紅龍嘶吼。

「怎、怎麼可能……」伊萊的臉龐失去了血色，顫抖著聲音緩緩開口：「你怎麼會在這裡？阿姨她到底想做什麼……」

「嘿嘿……看樣子芬里爾家的小子知道我的價值啊。既然知道了就快放我出來吧，我絕對不會虧待你的。」紅龍又低聲笑了起來。

「絕不可能！你這輩子都別想出來！」伊萊用盡全身力氣大吼。

諾爾疑惑地看向伊萊。「他是誰？」

伊萊回望向他，像是在思考該如何解釋似的，緊咬著下唇，表情嚴肅無比，額上也冒出了一絲冷汗。

「這條龍是禁忌之龍。」最後，伊萊艱難地開口了。「只有最爲邪惡之人才會想召喚他。他生性凶殘，只要被召喚出來必定會引起災難，因爲我們人類在他眼中是最美味的大餐，若是召喚師沒控制好他，他便會毫無限制地瘋狂吃人。過去，他曾經把一整村的人全部吃掉。」

「此外，他也是我們召喚師的噩夢。對自己的意志沒有把握的話，絕對不能召喚他出來！他爲了肆無忌憚地吃人，一開始肯定會考驗召喚師的意志，若是露出一絲空隙被他掙脫，他絕對會第一個吃掉你。」

伊萊說著，神情越來越凝重，「殘忍的他爲了能在人間界多停留一會兒，通常都會先把他的召喚師啃掉一半，等他滿足了再把召喚師整個吃掉，順便回到幻獸界。沒有什麼比眼睜睜看著周遭的人一一被捕食，而自己正逐漸面臨失血而亡更令人恐懼的事。但他可是A級龍族啊，雖然我們芬里爾一族從小就不停鍛鍊著意志，也不敢確定能完全控制他，因爲使人恐懼是他的長項，只要對他有一絲恐懼，就絕對會被反撲！」

伊萊放開他們，像是要戰勝心中的恐懼似的，握緊了拳頭，定睛看向紅龍。

「由於他的殘暴事蹟實在多不勝數，所以跟那些S級幻獸一樣有自己專屬的稱號，我們稱他爲——災厄之龍·暴食霍格尼。」

「嘿嘿……沒想到你這麼清楚啊，不愧是芬里爾家的……」霍格尼看著伊萊，舔了舔唇：「快過來吧……讓我嚐嚐你的味道，我最喜歡芬里爾家的人了。你們的血與骨肉想必是最上等的美味！」

哈卡朝他咆哮：「無恥之徒！你侍奉芬里爾家竟還敢說出這種話！」

「侍奉？你說我侍奉？」霍格尼忍不住大笑出聲，低沉的笑聲震得天花板落下些許粉塵。「小子，如果你所謂的侍奉是指像這樣被關在籠子裡的話，那要不要來試試啊？」

雖然不清楚霍格尼爲何會在這裡，但既然會被塞在狹小的籠子裡，身上還纏繞著許多鐵鍊，就代表他肯定也是艾琳娜想摧毀意志的對象之一。伊萊不敢想像，若是這條龍失去了意志，艾琳娜會利用他做多恐怖的事。

「你爲什麼會在這裡？艾琳娜阿姨到底想做什麼？」伊萊鼓足了勇氣提問。

「我不是說了嗎……這裡是『地獄的六小時』啊，那個婊子即使入獄了，還是不忘繼續與我的意志交戰呢。」霍格尼不屑地笑著。

「她人還在本家，怎麼可能在那麼遠的距離召喚你？」

「因爲我是她最想操控的龍啊，看看這裡。」霍格尼用大腳踩了踩地面，只見他的腳下有一道圖樣複雜的巨大召喚陣。「無論她在什麼地方召喚我，我都會出現在這裡。那女人可愛我了呢，一個禮拜總要召喚我出來幾次，她以爲憑她那薄弱的意志能摧毀我嗎？哼哼，別開玩笑了！以為我是誰啊！」

霍格尼在狹窄的籠子裡撐開雙翼，朝他們高高地揚起頭，亢奮地嘶吼：「老子可是災厄之龍‧暴食霍格尼！區區一個人類怎麼可能控制我！就算是S級召喚師也照樣不行，哈哈哈哈哈！」

過大的動作震得籠子不斷搖晃，霍格尼就好像根本沒有被囚禁住似的，不斷伸直了翅膀大笑，瘋狂的笑聲迴盪於整個室內。

看著他的樣子，諾爾他們大概理解到了一件事。

霍格尼確實仍保有自己的意志，但長期這樣受折磨已經讓他有點瘋狂了。他確實值得同情，但也因此更不能放他出來。

因為沒有人知道，瘋掉的災厄之龍會做出多失控的事。

「我在發什麼瘋？問妳啊，不全是妳害的嗎？」在眾目睽睽之下，霍格尼甚至開始自言自語起來，當他說出這番話時，臉色慘白的伊萊再度後退了好幾步。「放我出去——放我出去吧！妳都親自送芬里爾家的祭品給我了，我有什麼不能吃的理由？」

很快，諾爾便明白了伊萊為何會這麼會害怕，因為刻在霍格尼腹部上的契文突然開始發光。

「什麼？不是祭品？那是入侵者嘍？放我出去！快放了我！我可以吃掉所有的

入侵者，不，不只是入侵者，整個城鎮、整個芬里爾家的人我都會吃掉的！快放我出去！」

當召喚師的意志足夠強烈時，其召喚獸便能透過契文直接理解他的想法。即使距離極遠，艾琳娜也察覺到了不對，因此試圖藉由霍格尼了解地下室的情況，伊萊見狀連忙拉上諾爾跟哈卡，往來時的階梯狂奔而去。

「快跑！阿姨已經發現我們了！要是她把霍格尼放出來，我們絕對逃不了！這傢伙跟一般的龍不同，他吐的既不是冰也是火，而是——」

一聲幾乎能震破耳膜的咆哮傳來，彷彿來自地獄修羅的怒吼直直貫入腦海，震撼了靈魂。

聽見這個聲音的剎那，諾爾的雙腿忍不住一軟，跪在地上，他的心臟從未跳得如此快過，身體也不禁顫抖起來。他不敢置信的轉頭看向伊萊與哈卡，他們也是同樣的情況，哈卡用翅膀摀住了頭趴在地上，而伊萊更是不用說，他整個人跌坐在地，回頭驚懼無比地看著霍格尼，像是溺水似的不斷拚命抽著氣，發出斷斷續續的虛弱叫聲。

「嘿嘿，哥吐的不是火……」鐵籠的門被緩緩打開，鐵鍊也如施了魔法般鬆垮地從霍格尼身上脫落，他緩緩走出牢籠，揚起翅膀朝他們興奮地咆哮：「而是恐懼啊！」

恐懼，這詞切實地描述了諾爾他們此刻的感覺。當諾爾聽見那個吼聲時，他的理智與勇氣就好像紙牌塔被人用手狠狠一揮，瞬間飛散崩毀，腦中只剩下那個怒雷般的恐怖聲音。他覺得自己猶如被幻獸之王盯上的弱小獵物，無論怎樣都不可能逃出霍格尼的魔掌。

他們的實力本來就不在同一個層次，不可能贏的。不要說是反抗了，連逃脫都是妄想——被這聲音吼過後，恐懼到轉爲絕望的想法開始在諾爾的腦中盤旋，他用盡勇氣回頭看了一眼霍格尼，紅龍正盯著伊萊，飢渴難耐的吐出舌頭走去，注意到這點的哈卡嚇得連滾帶爬來到伊萊身前用翅膀護住他。

即使已經成爲了恐懼的奴僕，必須保護主人的使命感仍是令他生出不知哪來的勇氣，做出這樣的舉動。

看見這一幕的諾爾想起了自己身爲艾爾狄亞守護者的事。

他之所以能夠以平等的態度面對勒格安斯、毫不畏懼地與骷髏王一戰，都是因爲長年身爲守護者的關係。永遠都有比他更弱小的幻獸需要保護，所以他不能畏懼，無論何時，他都要作爲一個守護者勇敢地抵禦外敵。

沒錯，現在也是同樣的情況。他所認可的召喚師受到了生命威脅，他絕不能退縮畏懼！

一道半月形的劍氣伴隨著強勁的風砍向霍格尼，諾爾收回劍，一把將伊萊拉起來背到身上，迅速往階梯跑去，哈卡也勉強從恐懼中回過神，拍起翅膀跟上。

諾爾運用山羊絕佳的彈跳力飛快地奔上階梯，很快就把霍格尼拋在身後，但眼看獵物們就要逃脫，霍格尼居然笑了起來。

「哈哈哈……能抵抗我的吼聲，還不錯嘛，儘管逃啊！掙扎過的獵物最美味了！哈哈哈！」

狂笑著的災厄之龍揚起翅膀衝了過來，諾爾趕緊以最快的速度離開。

一回到書房，伊萊便顫抖著聲音勉強開口：「快、快出去……我爸沒能力對抗他，不能讓霍格尼吃了他。」

聞言，本來打算朝大門奔去的諾爾立刻轉為跑向大片落地窗，他俯身前衝了幾步，往上一跳，踢碎了整片玻璃往外躍去。窗外一片漆黑，不知不覺中，夜晚已經來臨了。

「這該死的出口也太小了！所以我才討厭人類！什麼都做這麼小！」

霍格尼的聲音從壁爐下方傳來，他們本以為他會把整個地板撞破衝出來，順便把書房毀個稀巴爛，但意外的沒有聽見驚天動地的聲響，相反的，他們甚至什麼都沒聽見，就好像霍格尼消失了似的。

原以為即將面臨一場驚心動魄的追逐戰，結果卻什麼也沒發生。諾爾他們停下腳步，回頭看向書房，那裡毫無動靜。

「霍、霍格尼呢？沒過來？」哈卡戰戰兢兢地往前走了幾步。「他真的卡在那個通道裡了？怎麼可能？」

「不，有可能……如、如果他就這麼輕易地出來了，那麼過去早該發生過逃脫的案例。」突然安靜下來的場面讓伊萊漸漸恢復冷靜，雖然仍在發抖著，但他已經逐漸找回了理智。「我們得把那個洞填起來，那傢伙的吼聲會讓附近的人都陷入恐慌，絕對要阻止這個情況發生！」

諾爾點點頭，謹慎地邁開步伐，一步步走回書房。一夥人就這樣毫無阻礙地來到破碎的落地窗前，深吸一口氣，正準備回到書房時——

一道紅色身影突然從窗戶下面跳出，發出怒雷般的龍吼，整個書房的窗戶瞬間被統統震碎，書架也被這股驚人的氣勢震得東倒西歪，而可憐的諾爾他們面對這猝不及防的正面衝擊，全都嚇得倒在地上。

諾爾躺在地上不斷顫抖，他勉強抬起頭，難以置信地看著站在窗臺上捧腹大笑的霍格尼。

十幾公尺長的紅色巨龍早已消失，取而代之的是一名高大的男子，暗紅色的長髮披散在他腦後，張狂地隨風飄逸，炯炯有神的黑色眼眸因喜悅而泛著微微淚光。他有著小麥色的肌膚，身軀看起來十分孔武有力，身穿一副飾有金色紋路的暗紅色鎧甲，深紅色的龍尾垂在腰後。

「哈哈哈哈哈！」五官立體的人形霍格尼豪邁地大笑著。「一群蠢蛋，嚇死最好！怎麼可能有人逃得過老子的追捕？」

暗紅的蝙蝠翼在他身後展開，他攤開雙手，仰天大吼：「老子可是暴食霍格尼啊！被我看上的獵物只會在恐懼到全身發軟的情況下被我吃掉！」

「恐懼吧！該死的人類們！臣服於對我的恐懼吧！」

他握緊雙拳，深吸一大口氣，再度發出足以貫穿靈魂的恐懼龍吼，其吼聲令天地為之撼動，諾爾甚至都能感覺到地面在搖晃。

「好啦，該來吃我的開胃菜了，這開胃菜真是太棒了，一想到能吃掉芬里爾家的人，我興奮得都要顫抖起來了。」

霍格尼跳下窗臺，揪起伊萊的頭髮把他整個人拎起來，帶著瘋狂表情的臉龐湊了上去，以極近的距離打量著他，舔了舔唇。可憐的伊萊已經嚇到失去了言語能力，只能張嘴看著霍格尼，臉上毫無血色。

絕不能讓這樣的事情發生！諾爾的內心明明充滿了這個念頭，身體卻不聽使喚，只能無力地躺在地上不斷發顫。剛剛突如其來的正面一吼讓他徹底嚇癱，只能眼睜睜看著霍格尼對伊萊說：「我最喜歡你們了，只要是你們家的人，無論多少都不夠！你放心，我會吃光你們家的！就從你先開始吧，哈哈哈哈哈！」

說完，他張大了嘴露出森森尖牙，往伊萊的頸子咬去——

「住手！」

一個清脆中帶著點稚嫩的聲音從外面的街道傳來。

聲音的主人緊握著拳站在那裡，瞪著霍格尼，澄澈無瑕的雙眼燃著憤怒的火焰，臉色雖蒼白無比，但神情異常堅決。他的肩上沒了毛蟲，看起來比平時更加纖弱，卻莫名的可靠。

諾爾睜大眼睛，一時無法接受眼前所見到的景象。

「放下伊萊。」奈西深吸一口氣，堅定地說。

「由我，來當你的對手。」

奈西的出現讓霍格尼停下動作，他仍舊捉著伊萊的頭，但目光已經盯向奈西。

「我的對手？哈哈……哈哈哈！」霍格尼大笑出聲。「我的實力在A級中算強的，就算是A級幻獸，能撂倒我的也是少數，更何況是你。你A級了嗎？你有自信能召喚出比我強的幻獸嗎？」

「我、我確實沒有那個實力。」奈西吞了口口水，戰戰兢兢地回應：「但我想比起伊萊，你一定會比較想吃我。因爲我、我……我是芬里爾家主一脈的兒子！」

當他鼓起勇氣說完這句話後，除了霍格尼以外，所有人都驚愕地看著他。尤其是諾爾，他睜大雙眼，整顆心都涼了。

「如果你想報復芬里爾一族，比起吃了分家的伊萊，吃我會更有價值。」奈西整個人抖得十分厲害，但他沒有因此停止說話。「難道你不這麼覺得嗎？」

「嗯——嗯……你說的沒錯。」奈西站在一段距離之外，因此霍格尼聞不出他的味道，輕易地相信了。「不過我吃掉他也要不了多少時間，這種大小一口就解決了，我等等再去料理你！」

聞言，奈西頓時一慌，情急之下大喊出聲：「抓到我的話就告訴你芬里爾本家在哪！」

這句話確實引起了霍格尼的興趣，他看了看奈西，一把扔下伊萊，緩步朝他走過去，與此同時，奈西也狼狽地後退了幾步。

「哈哈哈……有趣，這可是你說的。你是要我在你的家人面前吃掉你嗎？這眞是至高的享受啊！區區一個人類卻能說出這麼棒的提議，我就接受了。不出一分鐘你就會被我抓到，逃吧！儘管逃吧！哈哈哈哈哈！」

他跳起來，化爲十幾尺長的紅龍，興奮地仰天咆哮。此刻的聲音不是讓人恐懼的駭人之吼，而是純粹的興奮狂吼，也象徵著追逐戰的開始。

奈西在霍格尼說「逃吧」的時候便已往街道彼端跑去，光是看他一路跌跌撞撞的樣子，就能知道他仍未擺脫先前恐懼龍吼的影響，而他的對手卻保有充沛的行動力，隨時可以用吼聲癱瘓人。

諾爾嚇得心臟都快停止了，這次不是因爲霍格尼的吼聲，而是因爲奈西瘋狂的舉動。在霍格尼大力一拍翅膀揚長而去時，想要援救奈西的強烈念頭讓他的體內湧出一股力量，勉強從地上爬起來，化為迅捷的黑羊踉蹌著追了上去。

此時整個城鎮都因為霍格尼的吼聲而恐慌起來，尖叫聲四起，許多人在街上逃竄，但霍格尼因為專心追著奈西的關係，並沒有吃了任何人。

由於從小就住在這裡，奈西對這一帶十分熟悉，才一眨眼的工夫他就鑽進了一條巷子裡。雖然黑暗的巷子能夠掩藏他的行蹤，但可惜對手是會飛的災厄之龍，無論奈西跑到哪裡，他都能在上空追蹤。

「逃啊！你還能逃去哪呢？」霍格尼站在一棟民房的屋頂上，放聲大笑。他再度飛了起來，跟在奈西後面，奈西抱著魔導書，上氣不接下氣地拚命跑到了大街上，隱沒在逃難的人群裡。

「沒用的，你們人類再怎麼逃都徒勞無功，只要聽見我的吼聲，不管是誰都會乖乖屈服於我！」霍格尼深深一吸氣，準備朝整條街道大吼。

「砰」的一聲，一隻黑羊從附近的屋頂衝過來撞上他，突如其來的衝擊讓他倆一同跌落到另一處屋頂上，也打亂了霍格尼的計畫。

「混帳！」霍格尼從塌陷的屋頂上起身，憤怒地朝諾爾低吼：「你什麼貨色！居然敢撞我！」

「離他遠一點。」諾爾也不甘示弱地對他嘶吼，他站到奈西逃走的方向，擋住了霍格尼的視線。

「是你？你不是剛剛那隻黑羊嗎？想不到承受了我這麼多次龍吼，你還能站起來。」紅龍一拍翅膀，再度飛了起來，俯視著諾爾的目光充滿不屑。「區區一隻羊也敢阻止我，你活膩了嗎？啊？」

說完，他吸了一大口氣，打算再度發出恐懼龍吼，諾爾立刻跳起來用羊角撞向他的脖子，這個舉動讓霍格尼勃然大怒，隨即低頭將諾爾咬起來甩到高空，張大了嘴準備吃掉他。

忽然被甩向空中的諾爾嘖了一聲，忍著背上的劇痛化爲人形，在下墜時揮起巨劍斬向霍格尼，霍格尼在千鈞一髮之際閃開，但諾爾趁著這個時機，在即將與霍格尼擦身而過時抓住他，爬到了他的背上。

「下來！誰准你上去的！給我下來啊啊啊啊！」霍格尼被徹底惹毛了，他發瘋似的在空中胡亂甩動，可諾爾依舊死抓著他的頸子，整個黏在他背上。

「就這麼想死是嗎！那我成全你！」

霍格尼憤怒地用力拍動翅膀，筆直地衝上高空，接著猛然在寒冷的夜空中停下，迅速化爲人形一把扯下掛在自己背上的諾爾，把他高高舉了起來，用力往地面丟去。

諾爾驚愕地看著霍格尼那張帶著冷笑的臉離自己越來越遠，一度隨著來到高空而縮小的城鎮以飛快的速度在他眼前逐漸放大，不出幾秒他就會摔落到地上了。

很明顯已經沒有僥倖的可能，他將要死了。以往面對這種時候，諾爾通常會直接放棄掙扎，但此刻不知爲何，他不想放棄。

這是他有生以來第一次有了掙扎的念頭。

他不能死在這裡，因爲他還有要保護的人！

而後就像是有人回應了他的想法似的，他居然摔在一棵大樹上。

一棵長在街道中央的大樹。

「嚇、嚇死我了！第一次出來不是爲了當樹！喂喂，你還好吧？從那麼高的地方摔下來，感覺不可能沒事啊。」

熟透的紅蘋果出現在視線中，諾爾坐起身，愣愣地看著救了他的小蘋果。正當他想開口問個清楚時，一個顯然快哭出來的聲音從底下傳了過來。

「諾爾，你沒事吧？剛、剛剛那隻龍居然把你甩向高空，不可能沒受傷吧？」

奈西瑟縮在小蘋果旁邊，藉著茂密的枝葉藏住自己的身形，在諾爾跳下來後，他趕緊跑到諾爾身邊檢查傷勢。

「你應該逃走。」諾爾不太贊同的皺起眉頭，想不到搞了老半天，奈西還待在同一條街道上。

「我怎麼可能丟下你逃走！我跑到一半看見你衝上來阻止那隻龍的時候，眞的嚇死了！爲什麼……爲什麼要做到這種地步……我只是個不成材的召喚師，不值得你這麼做……」說著說著，奈西哭了出來。「我怕你啊，在你救了我跟小蘋果他們以後，我卻拋棄了你！像我這樣的召喚師，根本沒資格讓你執著……」

見到他低著頭哭泣，諾爾實在不明白奈西爲何老是這樣看輕自己。在這個將召喚視爲理所當然的世界裡，會珍惜自己的幻獸的人已經十分稀少了。就算這隻幻獸死了，下次再召喚一隻新的就好了，只要這隻幻獸所屬的種族沒有滅絕，永遠都有替代品。

可即使如此，奈西還是出現了。

儘管說著自己曾經拋棄他，還是趕來救他。

「你不好的話，就不會在這裡。」

奈西睜大雙眼，頓時忘了哭泣。他傻傻地盯著諾爾，像是想從他身上找回什麼似的，那雙含淚的澄澈雙眸直直望進他的眼裡。

「諾爾，我……」

「我就你說跑去哪了，原來在這裡！」

霍格尼低沉宏亮的聲音猛然從街尾傳來，奈西他們回頭一看，暴怒的災厄之龍正朝這裡過來。就像是要爲了增加直奔而來的氣勢，他放棄了飛行，踩著足以踏裂石磚路的沉重步伐逐漸進逼。

見狀，諾爾準備背起奈西逃跑，但他才剛伸手，身旁的地面便發出光芒，要將他遣返的召喚陣隨即出現。

不會吧？六小時到了？

諾爾錯愕地瞄了一眼召喚陣，接著立刻往霍格尼的方向直衝而去。

「諾爾？」

諾爾的舉動把奈西嚇壞了，他驚恐地看著諾爾像是要與霍格尼正面對決似的猛衝，身後還跟著陰魂不散的召喚陣。

白色的光流從召喚陣冒出，猶如藤蔓一般纏上諾爾的身軀，諾爾在被光芒捉住腳後跟時停了下來，舉起巨劍，像丟迴力鏢一般用力朝霍格尼擲去。有些措手不及的霍格尼匆忙閃開，但金色的腹部還是被劃到了一點，他憤怒地嚎叫，用後腳站了起來，高高揚起他的翅膀，準備來一聲恐懼龍吼。

「奈西！」諾爾轉過身，顧不得自己已經全身被光流纏住，他朝奈西伸出手，用盡全力大喊：「召喚我！」

被光流拖進召喚陣之前，他看見奈西蒼白的神色。

於是，諾爾就這麼戲劇化地被拖回了艾爾狄亞。在這之前，他從未如此希望自己能被召喚過。他其實也知道自己鬥不過那條瘋龍，若沒有預估錯的話，霍格尼的實力恐怕還在骷髏王之上。

但他不能退縮，奈西需要他的幫助。他只能不斷祈禱奈西能解開心結召喚他。

過沒幾秒，一道召喚門便出現在諾爾腳下，但門外沒有人們驚恐的尖叫聲與紅龍的怒吼聲，那片寧靜的藍天讓他心慌起來。一般情況下，幻獸是不能拒絕召喚的，除非同一時間有另一道門出現。

只有在眼前有複數道門的時候，他們才能選擇要進哪扇門，但奈西的門遲遲沒有出現。時間一分一秒過去，那扇外頭有著藍天的召喚門開始縮小，諾爾不知該不該進入。

他聽說過拒絕接受召喚的幻獸將被契文施予極大的痛苦，那種痛苦是嘗過一次便再也不想體會的恐怖。曾經有隻幻獸被一名惡劣的召喚師騙到契文，從此每次受召喚都會遭到無盡的鞭打虐待，有一次那隻幻獸終於受不了了，沒有過門，但契文隨即懲罰了他，在那之後，他便再也沒有抵抗過召喚。

寧願忍受六個小時的鞭打，也不願面對契文的懲罰，這個案例讓所有幻獸都不敢想像那到底是怎樣的痛苦。

看著門越縮越小，諾爾的心情越來越焦急。奈西沒有高等幻獸，不召喚他，奈西就死定了。但不進這扇門的話，等等就換他死定了。

他仰頭看向一望無際的藍天，忽然間領悟了什麼，一瞬釋懷了。

「我相信你。」

奈西一定會召喚他的。

因爲，奈西是他看上的召喚師。

所以——

「你也要，相信我。」

第八章

諾爾的視野忽然被一陣光芒籠罩。

一座召喚陣出現在他的上方，這一次，他沒有絲毫猶豫就跳了進去。

長年身爲劍士的本能讓他一過門就立刻感受到危機，反射性舉劍擋下了直衝而來的霍格尼。

另一方面，霍格尼完全沒預料到會有幻獸突然殺出來，完全來不及煞車，就這樣撞上了諾爾的劍。

「又是你！」他拉開距離，咬牙切齒地說。「你這傢伙怎麼這麼陰魂不散！」

諾爾沒有理會他，逕自回頭看向身後的奈西。奈西跌坐在地上，魔導書攤了開來，手仍然放在繪有諾爾圖樣的頁面上。

雙方目光交會，這一次，奈西的眼神不再像以前那樣恐懼，雖然他的臉色依然蒼白，但當他們四目相交時，奈西並沒有移開視線。就好像是要確認諾爾這個人似的，這一次他直直盯著諾爾。

而後，他苦笑著緩緩伸出顫抖的手。

奈西再度看見諾爾露出一閃即逝的微笑，下一瞬間，諾爾便衝過來一把撈起他，將他背到背上。

「哇、哇啊！」

突如其來的舉動讓仍在克服恐懼的奈西嚇了一大跳，但情況緊急，諾爾背著他在街道上奔馳起來，一陣黑霧很快襲來，令諾爾化為了黑羊。

「抓緊。」諾爾丟下這句話後便全速奔跑，奈西嚇得捉住他的羊角，同一時間，他們身後也傳來霍格尼憤怒的聲音。

「混帳東西！老子絕對要殺了你！」

霍格尼拍著翅膀飛上高空，隨即衝了過來，張開巨口發出震天怒吼。聽見這聲音，諾爾腳下不禁打滑了一下，奈西也差點因為沒抓穩而摔落。

霍格尼的吼聲仍是恐怖得令人腿軟，但現在不是腿軟的時候，保護重要之人的執著戰勝了恐懼，使諾爾在街道上羊不停蹄地疾奔。

逃跑的任務由諾爾接手後，情況順利了許多，霍格尼這下再也不能愜意地邊嘲笑邊追趕，而是一邊怒罵著一邊拚命拍著翅膀緊隨。每當他要追上時，諾爾就會來個大轉彎讓他反應不及，藉此再度拉開距離，氣得霍格尼一路上罵了許多髒話。

「媽的！就不要被我逮到你們！召喚師是個騙子，連召喚獸也是個渾球！」

「騙子？」

「啊，那個……」奈西尷尬地笑了。「他剛剛離我太近，聞出來我身上沒有芬里爾家的味道。不過如我所料，這樣一來他果然更想吃了我。」

「奈西，騙子。」

「唔，沒辦法嘛，那個時候我想不出更好的方法救伊萊了。」奈西回頭看了一眼暴怒的災厄之龍，開始思考對策。

「就這樣把他引到學校如何？」

「同學當飼料，好。」諾爾眞心覺得這提議不錯。

「不、不是啦！我是因爲現在學校人最少才這麼說的！」奈西困擾地否認。「這裡守備最森嚴的就是王族與宮廷召喚師居住的宮廷跟學校，衝進宮廷雖然能解決他，但我們也會因此吃上牢飯，所以只能衝到學校了。雖然旁邊就是校舍，但學校很大，他在飛到校舍之前多半就會被巡邏的老師解決，學校每晚都有一位S級召喚師駐守。」

諾爾點點頭，跳上屋頂確認了學校的位置後，立刻往目的地衝去。此時遠方傳來一聲聲龍吟，奈西知道芬里爾家已經出動菁英召喚師們追捕災厄之龍了。但是連A級的哈卡都會被嚇到癱軟在地上，因此奈西很清楚，若眞要有效解決霍格尼，就必須派S級幻獸，否則無論是哪隻A級幻獸遇上他都免不了一場苦戰。

雖然幻獸被分爲六個等級，但這只是大致上的分級，B級裡有像火蜥這種泡個水就會死的幻獸，也有諾爾這種能與A級打得不相上下的幻獸；同樣的，A級也是，級數只能代表該名幻獸的最低實力。

奈西緊握著諾爾的角，不知為何，他內心的恐懼漸漸消失了，明明身後還緊追著一條吃人龍，但此刻他的心情卻異常平靜，甚至可以說是愉悅。

如果他五年前召喚到的是諾爾就好了。雖然遲了點，不過沒關係，從此以後諾爾都會待在他身邊。

諾爾在屋頂上一個大幅跳躍，一口氣飛越了幾尺後，攀上學校裡的一棟建築。在他不斷往上跳去，只差一步就要來到頂端時，一陣咆哮炸了過來，突如其來的吼聲嚇得諾爾腳下一滑，瞬間和奈西一起從建築的外牆上掉下來。

「諾爾！」奈西驚叫一聲，他當機立斷決定賭上一把，仰天大叫：「傳送召喚！伊娃！」

牆面上立刻浮現一座召喚陣，為了避免危險而被他留在家的伊娃出現，在他們落地之前吐絲黏住了諾爾。但即使她的絲再怎麼堅韌，也不可能阻止幻獸形態的諾爾墜落，更何況他的身上還有奈西，白絲雖然成功減緩了他們下墜的衝力，但最終還是摔到了地上。

他們的墜落掀起一片沙塵，現場煙霧瀰漫。

「嗚……」

奈西忍著身上的疼痛，緩緩爬起身。他確實摔著了，但是諾爾先落到地面後，他才從諾爾身上掉下來，爲了保護他，諾爾硬是在墜地之前調整了姿勢，不讓他一同直接摔到地上。

奈西急著想尋找諾爾的身影，卻沒見著那高大的身軀，待煙霧逐漸散去後，他才發現諾爾。

諾爾已經重新化爲人形，就躺在附近的地面上。他緊閉著雙眼，頭上流下一道血跡，看樣子是昏了過去。

「諾爾！」奈西驚叫一聲，立刻飛奔到他身邊。

他扶起諾爾，檢查還有沒有呼吸，雖然感覺得到微弱的鼻息，但他依然不放心地將耳朵貼到諾爾的胸口，確認心臟仍在鼓動後，這才垂下肩膀，稍微放下心來。但雖然諾爾仍然活著，看見他這副樣子，奈西仍是止不住眼淚的哭了出來。

有生以來，他第一次痛恨起自己的軟弱。

在這之前，他一直認爲自己的生存方式是對的，如果他有可能會傷害到別人，那麼不如將一切的可能性抹去，即使這樣的生活不見得愉快，但至少沒有人會受傷。就算諾爾後來告訴他，這世上還有另一種生存方式，他還是難以接受。

但如今……他終於眞正明白了諾爾的話。

「我的家鄉一直是，其他幻獸獵食的熱門地點。所以我……讓自己變強，保護大家。」

「有時候，就算你什麼都不做，別人也會……威脅你與身邊的人。所以，變強是必要的。」

——變強是必要的。

此時，霍格尼幸災樂禍的聲音從奈西身後傳來：「結果從牆上摔下來就掛了嘛，浪費我這麼多力氣！果然弱小的種族就是弱小的種族！」

奈西小心翼翼地放下諾爾，慢慢站起身，面向霍格尼。

「你住口。」他瞪向災厄之龍，目光毫無畏懼。「諾爾的強大不是你能理解的。像你這種只會靠與生俱來的力量欺壓別人的傢伙，總有一天一定會輸給他。」

「哈哈哈哈哈！」聽了他的話，霍格尼忍不住捧腹大笑，眼神輕蔑，語氣充滿了嘲諷：「那傢伙頂多不過B級吧？等級跟種族都差我一大截，我倒是很好奇要怎麼贏我。」

「一定會！只要你今日不殺他，日後他絕對能打敗你！」

丟下這些氣憤的話語後，奈西開始思索對策。他不可能跟霍格尼一直對罵下去，而且他們很不幸地摔在學校的圍牆外，會不會被老師們注意到也是個問題。所以眼下他必須想出一個方法，就算不能一起獲救，至少也要讓諾爾活下來。

「我要跟你打個賭。」最後，他鼓起勇氣這麼說，盡量讓自己的語氣不帶任何恐懼。「如果我贏了，你必須放過諾爾。」

「我爲什麼要聽你的話？」霍格尼先是下意識反駁，說完之後又猶豫了起來。「哼……不過這提議也不是不能聽聽，我本來就只對吃人有興趣，你也只說放過他。就在你死前先聽聽你的賭局吧。」

他吃吃地笑了。「偶爾跟食物玩玩也不錯，我已經很久沒有跟食物在平等的狀態下談話了，你可要感謝我。」

奈西深吸一口氣，認眞地盯著霍格尼，緩緩開口：「我想要和你賭的是，你在我面前大吼一聲……如果這之後我仍站在原地，就是我贏了。」

「喔？」霍格尼的眼睛亮了起來，似乎對這個賭局很感興趣，走到奈西前方。「你可眞是妄下豪語啊，小子。沒幾個人類能在被我吼之後還好好站著。」

這點奈西很清楚，當時他因爲隱約聽見駭人的龍吼而直奔伊萊家時，霍格尼忽然一聲驚天動地的怒吼就嚇得他腿當場一軟，跌坐在地上。但想到伊萊可能會有危險，他還是拚命讓自己動起來，只不過幾乎是連滾帶爬地趕過去。

他實在沒把握正面承受霍格尼的怒吼，但他必須做。

他活在當年的恐懼中太久了，是時候改變了。

他曾經爲了別人讓自己變得弱小。

但這一次，他要爲了別人變得強大。

「伊娃，回家吧。」

在挑戰開始之前，他抬頭對待在牆上的使魔說。霍格尼的吼聲可不是一般幻獸能承受的，更何況是他的E級使魔。

可令他意外的是，伊娃確實發動了召喚陣，不過移動的目的地卻是他的肩上。

他先是錯愕地眨了眨眼，回過神後連忙推了推伊娃。「別鬧了，對方可是A級幻獸啊，那個吼聲就連伊萊的使魔也無法承受……妳乖，快回家。」

但毛蟲依舊緊緊黏在他肩上，說什麼也不肯走。

「哈，看樣子你的使魔跟你一個樣，都是有勇無謀的傢伙。」霍格尼指著伊娃，滿臉輕蔑。「沒差，就讓那隻毛蟲留下來吧，不過嚇到魂飛魄散可不能怪我喔……嘿嘿。」

奈西盯著伊娃，神情十分嚴肅，而他的毛蟲沒有迴避他的目光，聽了霍格尼的話也沒有半點退縮。

「……唉，我知道了，一起吧。」明白了伊娃的決意，奈西只好投降。或許霍格尼說的沒錯，他的使魔眞的有點像他。

「來吧。」他重新看向霍格尼。「我們準備好了。」

「像你們這種弱不禁風的召喚師與幻獸，是不可能招架得了我的吼聲的。」霍格尼哼了一聲，站起身揚起了翅膀，深吸一大口氣——

像是能夠毀天滅地的震撼龍吼從他口中咆哮而出，朝奈西和伊娃直撲而去。超乎想像的震懾感襲來，奈西的腦袋瞬間一片空白，那聲音不只震撼人心，連身體的所有神經也彷彿全被切斷，逼迫著他跪在霍格尼面前，臣服於這聲威嚇。恐懼攫獲了奈西的心，猶如千百條蛇纏繞著他的心臟要把他碾碎，那一瞬間他幾乎就要屈服，但在即將倒下之時，他想起了諾爾。

諾爾原本只有D級，卻爲了保護家鄉的人，不停努力鍛鍊成爲了B級幻獸。他雖然總是面無表情，看起來什麼都無所謂的樣子，但是也有自己的堅持。是諾爾告訴了他，還有另一種生存方式，也讓他明白了變強的重要。比起選擇誰也不傷害，現在的奈西更希望自己能保護任何一個想要保護的人。

「我不會輸……」奈西強忍著顫抖，用盡全身力氣向咆哮的霍格尼大喊：「因爲我——要保護身邊的人！」

吼聲停止。

雙方默默地對視。

霍格尼不敢置信地看著仍然站在原地瞪著他的奈西，他不明白爲何這個人類能夠抵抗他的吼聲。

「不可能……」他不禁喃喃道。「像你這樣的毛頭小子，怎麼可能會不怕我的吼聲？」

奈西握緊了拳頭僵直在原地，他知道自己現在絕對不能動，一旦動了，就會像散了的紙牌塔一樣瞬間倒地不起。於是他維持著同樣的姿勢，試探著低低出聲：「伊娃？」

他很怕他的毛蟲會嚇到沒命，但出乎意料的，當他呼喚完沒多久，便感覺到肩上的毛蟲在蠕動，他的使魔居然也撐過了這次的衝擊。

「不可能不可能！我可是被同族稱爲恐懼之龍啊！沒實力的傢伙統統都會被我嚇死！你這個弱不禁風的召喚師居然能頂住這一吼，你到底做了什麼！」

「我什麼也沒做，現在你該實踐諾言了。」

「可惡！我就一口一口把你慢慢吃掉，看你還能不能這麼冷靜！混帳！不會被我嚇倒的人類是不存在的！」語畢，霍格尼目露凶光，張口露出森森白牙，伸長脖子飛快地咬過來。

奈西沒想到霍格尼會這麼急性子，他都還來不及要伊娃回家，事情就這麼發生了。但他現在仍是嚇得不敢動彈的狀態，只能眼睜睜看著霍格尼咬向自己——

「啊啊啊啊——」

慘絕人寰的叫聲在黑夜裡響起，奈西臉色慘白的看著霍格尼。

災厄之龍在他面前發出了慘叫，原因是他金黃色的腹部上插了一把巨劍。

在他的尖牙碰觸到奈西的那一刻，這把巨劍從奈西後方飛了過來，以凶猛之勢越過他插入霍格尼的腹部。

霍格尼痛得胡亂拍打著翅膀不斷哀嚎，他向後退了好幾步，睜圓了雙眼不敢相信的看向奈西身後，奈西隨著他的目光回頭，只見諾爾不知何時站了起來，垂著剛拋完巨劍而顯得無力的手臂，在原地喘著氣。他目光如炬，眼中沒有任何遲疑，手臂上刻著的契文竟散發著光芒。

「怎、怎麼可能……你……」霍格尼吐了一口血，憎恨地看著諾爾。「你從那麼高的地方摔下來，怎麼可能這麼快就清醒！混帳！殺千刀的混帳啊啊啊！老子這輩子還沒被人這樣對待過！」

他咬緊牙關，一口氣把劍從腹部抽出，接著不顧仍在噴血的傷口，氣勢洶洶地朝諾爾衝過去，神色猙獰的大吼：「你這傢伙非死不可！就算要進地獄，我也會拖你下水！混蛋啊啊啊啊啊！沒有任何人能傷我！沒有任何人能控制我！我是最強的！去死吧！」

「只不過是肚子被捅了一劍，有必要這樣嗎？」

一個無奈的聲音從旁邊樹林的陰影裡傳來，下一秒，月光下的樹影忽然往前迅速延伸，纏住了霍格尼的影子，霍格尼立刻像被人抓住似的往前摔了一跤。

諾爾跟奈西愣愣地看著霍格尼趴在地上不斷掙扎嚎叫，他的尾巴就像是被人抓住了，進退不得。

「拜託你別叫了，那個叫聲真的很吵……現在都幾點了。唉，所以我才討厭龍族，總是破壞黑夜的美感。」

聲音的主人從黑影中浮現，滿臉困擾地扶著根本不存在的額，真正的頭則被他夾在腋下。

「勒格安斯？」一看見黑影的真面目，諾爾忍不住訝異地喊出聲。

來人正是無頭爵士。他騎著駿馬，頭盔不斷朝霍格尼搖著，一副覺得朽木不可雕也的樣子。

「喲，諾爾，又見面了。」一聽見諾爾叫他，勒格安斯開心地揮了揮手。「還眞巧啊，想不到我們的召喚師也住得如此近，哈哈。」

「無頭爵士勒格安斯……難、難道今晚値班的老師是那位嗎？」奈西錯愕地低喃道。

「雖然不知道你在講誰，但應該就是你說的那位吧，因爲這個國家只有他會召喚我出來啊。可惡，我明明很好用，可是那些S級召喚師偏偏就愛召喚又大又礙眼的龍族，龍族又怎樣啦！天生長得比較威了不起嗎！」說著說著，他又開始抱怨起來。「現在的召喚師就是這樣，總是希望召喚出來的幻獸看起來越屌越好，像我這種安靜又不會占據太多空間的幻獸根本不吃香！」

「我去你的你到底要不要放開我！」霍格尼火冒三丈的打斷他的話。

「不，既然我的召喚師會召喚我，就代表他想安靜解決這件事啊。」勒格安斯遺憾地搖搖頭。

見他一派輕鬆的困住霍格尼，諾爾感到有些不滿：「爲何不早點出來。」

「我也沒有多早來，差不多是在你摔下牆的時候。我本來正要出手，可是你家召喚師提出了一個很有意思的賭局，所以我就忍不住先收手瞧瞧了。」

「哎？」奈西錯愕地眨眨眼，一時無法消化這個事實。「所、所以說……你一直在旁邊看？」

他忽然覺得渾身無力，緊繃的身子在這一瞬間放鬆下來，跌坐在地上深深嘆了口氣。

「什麼賭局？」

諾爾走到奈西身邊，眉頭忍不住皺了起來。他今天才見識到，原來奈西也是個挺瘋狂的人，所以他很擔心奈西在他昏過去的期間裡做了更瘋狂的事。

「這件事你們可以晚點討論，我怕這傢伙又發瘋大叫，先讓我解決他一下。」

勒格安斯打斷他們，他的頭看向霍格尼，霎時霍格尼的影子快速向前延伸，直接來到他的身下，逐漸擴大成一個比霍格尼本身還大上兩倍的黑影。黑影慢慢變得濃重混濁，接著幾根黑色觸手從地面下伸出，攀上霍格尼。

「靠北！什麼鬼東西！噁心死了放開我啊啊啊啊！」

霍格尼在嚎叫的過程中逐漸往下沉，黑影變得像深不見底的沼澤，讓他不斷陷落下去，他屢次掙扎著想逃離，卻又被觸手往下拉。

「你惹了這麼多麻煩，難道不用交代一下嗎？乖乖去見我家召喚師吧。放心啦，他不會拿你怎樣的……應該啦。」他跳下馬，跟著觸手一起把霍格尼塞進沼澤裡。「你就下去，快。我的亞空間很舒適的，別擔心。」

奈西怔怔地看著霍格尼就這樣沉進沼澤裡，直到他的頭徹底淹沒之前都還在咒罵個不停。而諾爾看到這一幕，眉頭蹙得更緊了，臉上的表情顯得有些嫌惡，就好像看到了什麼噁心的東西。

「觸手星人。」

「什麼觸手星人！拜託，我的觸手才不是那種溼溼黏黏又噁心的東西。」

「去他龍的！你的亞空間不會整理一下嗎！」一個彷彿嘴巴進了水的含糊聲音從沼澤底下傳來。

「咦？有點擠嗎？抱歉，幾十年沒清了，我丟點東西出來。」

勒格安斯把自己的頭放到一旁，雙手伸進沼澤拉出一隻巨大幻獸的骨骸，接著又扯出一堆有的沒的東西，像是幻獸毛皮、盔甲、幾件家具、發臭的食物、衣物、幾具風乾的屍體、一個召喚師……

「欸？不對不對，你還在監禁中，回去。」說完，他又把那名掙扎著想逃走的召喚師塞回去。

「……」

雖然諾爾很想問到底是誰好好的監牢不用，硬要用幻獸的亞空間關人，但想想還是作罷。

「那、那條龍會吃人……」奈西好心提醒。

「眞的假的？所以我才討厭龍族，關進亞空間也不得安心。算啦，被吃就被吃，到時候再跟我家召喚師說關太久都死掉風乾了就好啦。」

「……」

確認東西清得差不多之後，勒格安斯拍了拍手上的灰塵。「好啦，我準備要回去了。那個你，對，就是你，你叫什麼名字？」

他指向奈西。奈西下意識指著自己愣了一會兒，才吞吞吐吐地開口：「我、我叫奈西……」

「很好。」勒格安斯走過去一把搶走奈西手上的魔導書，在眾目睽睽之下攤開，將自己的掌心貼了上去。

奈西看著這隻S級幻獸自動自發地將自己登記在他的魔導書上，瞠目結舌。

「你很自動。」諾爾不滿地說。

「幹麼？吃醋啊？擔心什麼，我是S級的，只能偶爾召喚一下啦。」

「別、別說是偶爾了，我連一次都不行啊！你的魔力需求遠超過我現在的魔力總量，根本連門都開不了啊！」奈西臉色慘白的大叫，可當他搶回魔導書時，書頁已經印上勒格安斯的畫像，還剛好跟諾爾在同一面。「而、而且，我只是個D級召喚師而已啊……為什麼……」

「你騙誰啊，能召喚一隻B偏A的幻獸還敢說自己是D級。」勒格安斯馬上吐槽，他指了指諾爾，對奈西說：「你知道你家幻獸最近在幻獸界幹了什麼嗎？這傢伙為了救自己的同伴，不但把骷髏飛人的老巢給掀了，還差點殺了人家的王。」

奈西睜大眼睛，再度目瞪口呆。

「多嘴。」

勒格安斯攤攤手，一副「怪我嘍」的樣子。

「我會選上你，是因為我很欣賞你。你年紀輕輕就掌握了克服恐懼龍吼的精髓。」他繼續對奈西說。「當心中某個意念戰勝恐懼時，恐懼龍吼將不再對你產生影響。你的這份強大意念，將來一定能使你成為優秀的召喚師。」

他蹲下身摸了摸奈西的頭，語帶笑意：「使用意志時，最重要的不是『控制欲』，而是『心意』。只要你可以掌握這點，總有一天，只要是你想要的幻獸都能手到擒來。」

「心……意？」奈西喃喃地重複這個詞，試圖去了解勒格安斯的意思，他是第一次聽到這種說法。

「你還年輕，還有很多時間慢慢理解。」勒格安斯拍拍他的頭，站起身無奈地嘆口氣。「我先走了。我家召喚師在找我了，可惡。」

刻在他胸前盔甲上的契文正在發光，跟一般幻獸不同的是，他的契文不是一排直立或橫列的文字，而是圍成一圈，呈現一個圓形圖樣，十分特別。

「眞是煩死了，明明還不到續費時間，是在急什麼啦！難得在學校出現，爲什麼不讓我好好參觀一下？魔力需求這麼高又不是我的錯，爲什麼那些召喚師都不檢討一下自己的魔力——」

他一邊上馬一邊碎碎念個不停，直到離去前都還在抱怨。

勒格安斯離開後，奈西仍然呆在原地。打從出生以來，他幾乎沒見過幾次傳說級的幻獸，印象中那些S級幻獸都是神聖不可侵犯、強悍得令人畏懼的存在，但……好像也不盡是如此？

若不是看見霍格尼被勒格安斯輕易收拾，他實在難以相信這名話很多又很親切的幻獸居然會是S級。

「S級幻獸……私底下都是這樣的嗎？」最後，他只能向同爲幻獸的諾爾尋求答案。

「只有他。」諾爾想也不想就回答。

「是、是嗎？」奈西忍不住乾笑。還好只有勒格安斯是這樣，不然他對S級幻獸的幻想就要破滅了。「想不到你居然跟這麼不得了的幻獸是朋友。」

「孽緣。」

諾爾一樣秒答，說完後眉頭再度皺起。他很想知道奈西之前到底幹了什麼事。

「你做了什麼？」

「這……說來話長。我們先走吧，等等肯定會有很多人跟幻獸過來這裡，回去的路上再說給你聽。」

諾爾雖然不太滿意這個答覆，不過奈西說的也沒錯，人一多事情就會變得麻煩。他想把奈西從地上拉起來，但出乎意料的是，他的召喚師沒有移動半步，依舊維持著同樣的姿勢。

見諾爾一副納悶的神情，奈西尷尬地笑了。他摸了摸後腦勺，有些不好意思地開口：「抱、抱歉……諾爾，我還處於恐懼之聲的後遺症中，你可以載我一程嗎？」

諾爾點點頭，準備蹲下來背起奈西時，卻忽然想到克莉絲的話。他偏頭思索了一下，接著伸手抱起奈西。

「呃，諾、諾爾……你不用這樣抱沒關係……」

奈西更尷尬了。

他本來以爲諾爾會像以往一樣用背的，但這隻羊不知吃錯了什麼藥，忽然改成橫抱起他。同樣是男人，被另一個男人這樣抱著，讓他忽然有種說不出的挫敗感以及彆扭。雖然他是被幻獸撫養長大的，對於人際互動不敢說很了解，但他相信被同性公主抱肯定是很奇怪的事。

可是諾爾卻露出更加納悶的表情。

「克莉絲說，對纖細可愛的人要公主抱。」

「……什麼？」

奈西呆了呆，一時不知該先針對哪個詞吐槽。

「纖細可愛？所、所以你認爲我纖細可愛？我是男的耶，對一個男生說纖細可愛什麼的……」奈西摀住臉，內心充滿了無力感。

他承認自己是瘦弱了點，但在同年人之中好歹也不算矮，雖然對目測至少有一八〇的諾爾來說可能都差不多。不過可愛又怎麼說？這個一般只會套用在女孩子身上的詞居然被用在他身上？

「不對？」

「當、當然不對！沒有男生會喜歡這個形容啦！」

「可是你說我可愛我會很高興。」

「……」

奈西垂下肩膀，決定先無視這個問題。

「總、總之，不用這樣抱我……」話說到一半，他忽然想起諾爾的背上有傷，心頭一驚，連忙改口：「抱、抱歉！我忘了你背上有傷，這樣的話——」

「沒關係。」諾爾改成將他背到背上，很快地變成幻獸形態。

他對坐在身軀前半部、抓住他羊角的奈西說：「奈西嬌小，碰不到。」

「……」

確實，變化成幻獸形態就不會碰到背上的傷口了，但奈西還是覺得他這樣說有點傷人。

諾爾則是很疑惑為何克莉絲的話在這裡不管用，他猜想，該不會又是因為什麼人間界與幻獸界民情不同的關係。看樣子人類不喜歡公主抱，他得出了這個結論。

知道奈西現在沒什麼力氣捉緊他的羊角，所以諾爾貼心地乖乖在街上走。像他這樣一隻巨大的羊走在街頭上，意外的並沒有受到矚目，一來是因為大家才剛剛受到霍格尼出現的衝擊，二來這裡是召喚師聚居的城鎮，幻獸走在街頭早已不是什麼稀奇的事。

第九章

路途上，諾爾終於得知在他昏過去的時候，奈西做了什麼好事。他本來想先數落奈西的不是，但想想自己好像也沒資格教訓人，只好作罷。雖然他很訝異奈西居然能撐過霍格尼的龍吼，不過還有一件事更令他介意。

他很想告訴奈西，他根本不必跟霍格尼打這個賭，如果不想讓他被吃掉，只要中斷對他的魔力輸出，或者把他強制遣返幻獸界就可以了。可是他的召喚師字典裡似乎沒有「中斷魔力」這個詞，所以想了想，諾爾還是決定不說了。

如果奈西眞的在危急時刻把他送回去，也會讓他很困擾的，他敢肯定奈西一定會這樣做。

此外，諾爾也很驚訝伊娃居然跟奈西一起承受了霍格尼的龍吼，還同樣成功熬過。連哈卡都做不到的事，伊娃卻做到了，讓他不禁思考起伊娃的潛力。那柔弱的外表下意外隱藏著堅強的意志，這點跟奈西挺像的，果然是他的使魔。

「你今天……不是問過我是不是曾經被幻獸攻擊嗎？」他們沉默地走在僻靜的小街上，奈西突然開口。「我當時說不出口，因爲那對我而言實在是一件難以啟齒的事。你一定認爲我是被幻獸反撲了吧？可是……其實完全不是這麼回事。」

「我以前常跟附近的小孩玩幻獸對戰的遊戲，那時還小，大家召喚出來的幻獸等級幾乎都是D或E，唯獨我跟伊萊能夠召喚出C級，不過這也不打緊，C到E級的幻獸幾乎都很友善，早就習慣沒頭沒腦打一打就回去的任務，也知道我們只是鬧著玩的，有時還會留下來跟我們聊天。就算眞的出現了不聽話的幻獸，我們幾個小孩努力一點也能將他制伏，所以我們一直很喜歡這個遊戲。」

「可是，隨著年齡的增長，有一次我不小心召喚出了B級幻獸，B級眞的就如書上所描述的一樣，看起來很厲害又很帥氣，那時大家都很興奮，伊萊也是。最後我的召喚獸跟伊萊的召喚獸打到兩敗俱傷，我就讓他回去了。從那之後我就變成附近同齡小孩的偶像，我也一直爲自己能召喚出那麼強的幻獸而沾沾自喜，直到有天發生了一件事。」

說到這裡，他的聲音悲傷起來。

「有個朋友帶著使魔向我挑戰。那是他的第一隻使魔，他努力了很久才讓那隻幻獸成爲他的使魔，也表示他的使魔很強，絕對不會輸給我。我不疑有他，召喚出了B級幻獸。結果……」

諾爾感覺到奈西在顫抖。

「一隻凶猛的B級幻獸出現，二話不說就攻擊他的使魔，而且攻勢猛烈得就像是要殺死對方一般，即使對手都血流如注了，還是不肯收手。我的那位朋友哭叫著過去阻止，但B級幻獸哪是我們這些小孩能控制的？無論我怎麼叫喊，我召喚出來的幻獸就是不聽話，最後不知道是誰想到打暈我這個辦法，於是我就昏過去了，可是你也知道我……」

奈西沒有把話說完，不過就算不說，諾爾也知道他的意思。

「我醒來後，我召喚出的幻獸已經被趕來的大人制伏了，可是……」奈西的聲音哽咽起來。「現場簡直是人間煉獄，我的朋友們被那隻幻獸攻擊，身上都掛了彩，而向我挑戰的那位朋友則抱著他的使魔嚎啕大哭著。他心愛的使魔……就這樣死了。」

「都是因爲我才會發生這種事。明明我們都知道越級召喚的危險，我卻仗著自己魔力多而召喚出會殺死大家的怪物。」

感覺到背上的人情緒不穩，諾爾化爲了人形。他飛快地接住從背上滑下來的奈西，奈西沉浸在憂傷的情緒中，沒有因爲這突如其來的變化而受到驚嚇。

此時奈西已經恢復了一點力氣，在諾爾的攙扶下站穩身子。

「我摧毀過別人最珍愛的事物，諾爾。這也是我不肯告訴托比他們眞相的原因。若是他們知道自己跟隨的召喚師隨時有可能召喚出不受控制的幻獸，害大家陷入危險，不會有人願意再被我召喚的。」

說著這番話時，奈西的語氣十分平靜，臉上甚至帶著淡淡的微笑，眼淚卻不受控制地不斷滑落。

看著向他坦承一切的奈西，諾爾沉默下來。

他知道，以奈西的個性，肯定無法原諒自己犯了這種過錯。奈西是個能夠為他人犧牲自身性命的人，因此，若是要為別人放棄自己的人生，他肯定也做得到。

他想著這五年來，他的召喚師不知有多少個夜晚為這件事輾轉難眠、不知有多少次為了這件事懊悔哭泣。就因為奈西太過善良，這個過去才讓他刻骨銘心。

諾爾不是輔導專家，並不知該如何安慰奈西，也難以理解人類為何會由於無意傷害了別人而感到如此痛苦。

所以，他決定直截了當地說出自己的想法。

「回來。」見奈西露出不解的表情，於是諾爾繼續說下去：「大家都很擔心你，所以，回來，回到大家的身邊。」

奈西愣了一會兒，最後笑逐顏開，終於停止了哭泣。

「嗯。」他欣喜地點點頭，眼神流露出光采。

「我不會再逃避了。經過今天的事，我才終於明白了變強的重要性。如果我更強一點的話，當時一定能找到更好的方法救伊萊，也不會害你為我受傷。我一直以為，過著永遠不去傷害到別人的人生是最好的，可是……果然……果然比起這樣的人生，我更想跟你一樣，去保護任何想要保護的人，為此活下去。」

他的額頭貼在諾爾的胸膛上，安心地閉上了眼。「我想要保護你，保護我們身邊的人和幻獸們。所以，我要選擇跟你一樣的人生道路。」

「嗯。」諾爾點點頭，伸手摸了摸奈西細軟的金髮。

他相信奈西一定能成為一個很優秀的召喚師。

「奈西——奈西——」

遠方傳來一聲聲呼喚，聽見這個聲音，奈西有些疑惑地抬起頭，仔細地思考了一下後，才認出了聲音的主人。

「伊萊？」他有些驚訝伊萊居然會用這麼慌亂的語氣叫他，他跟諾爾面面相覷，朝伊萊所在的方向走去。

伊萊臉色慘白，慌張無比地騎著哈卡在街道上空尋找奈西的身影，聽到奈西在底下呼喚他後，他立刻喜出望外的飛過去。

「伊萊？你怎麼——」奈西話還未說完，下了龍的伊萊便撲過來抱住他，這突然的舉動嚇得他往後一退，差點跌倒。

「伊、伊萊？」

奈西一時有些反應不過來，印象中他的青梅竹馬應該不是這麼熱情的人，會撲過來抱他已經可以列入今日的三大奇事之一了。今天到底是怎麼回事？先是被一條龍追，然後S級幻獸莫名其妙看上他，連伊萊也吃錯了藥……

在他腦袋裡想著這些亂七八糟的東西時，伊萊猛然鬆開他，抓著他的雙肩激動地開口：「笨蛋！你這個大笨蛋！你以爲你是誰啊！區區一個D級召喚師去挑戰災厄之龍，你瘋了嗎！」

「哎？我、我……」

「如果今天我沒有召喚出諾爾，你不就死定了！你到底有沒有想過這件事的嚴重性！」

「也……也不是沒有……」

「那你爲什麼要這麼做！」

肩膀又被用力搖了一下，奈西呆呆地看著伊萊原本憤怒的神情逐漸轉爲悲傷。

「我……在你最痛苦的時候沒有伸出援手，甚至還對你惡言相向。我只會責怪你，從沒有眞正去了解過你。我明明是個如此過分的人，爲何還要爲了我以身涉險……」

聽了這番話，奈西這才明白諾爾方才說的「大家都很擔心你」還包含了誰。伊萊雖然把自己說得很糟，但這自責的語氣已經讓奈西知道他有多麼關心。

他一點都不覺得自己的青梅竹馬是個過分的人，從不。

「這麼多年來，也只有你記得我的過去啊。你從沒有像其他人一樣看輕我，即使他們都嘲笑你將一個E級召喚師當成勁敵，你還是執著不悔。而且……」

奈西有些不好意思地笑了，看著伊萊的眼神充滿柔和。「伊萊是我的偶像啊。我一直很羨慕你能夠把意志運用得如此出色，明明意志是這麼恐怖的東西，但你的幻獸從不會感到害怕，甚至還很崇拜你。他們心甘情願地被你控制並追隨你，這是我永遠不可能做到的事。」

「奈西……」

伊萊慢慢鬆開手，就像是爲了確認眞意一般，深深地看著奈西。他從沒想到奈西是這麼看待他的。

明明這五年來，他什麼也沒做，沒有在奈西最需要幫助的時候伸出援手，也沒有試圖了解狀況。但即使如此，奈西依然沒有討厭他，待他一如往昔。

雖然他們表面上的關係已經糟得可以，但私底下依然默默關注著對方。終於了解到這點的伊萊內心忽然湧上一種猶如得到救贖的複雜情感，如今透過溝通，他們的目光終於再度交會，五年來的隔閡也因此消弭。

所有的不安與懊悔終於從伊萊心中散去，他的神色溫和了起來，忍不住再度朝奈西伸出雙手，想要與冷戰了五年的好友重修舊好——

「伊萊也喜歡抱抱。」

——然而諾爾忽然說了這句。

冷靜自持的伊萊立刻收回手，狠狠瞪了面無表情的諾爾一眼。

「你這厚臉皮的傢伙，奇蹟般從災厄之龍手中救回奈西就讓你得意起來了？」

「我還有救你。」彷彿想氣死人不償命，諾爾又補上這句話。

「是、啊！確實有這回事，所以你想說什麼？你越厲害，我只會越覺得當初的你超不要臉，不對，現在也是！」

「……好啦，你們不要吵了。」

「奈西，他好凶。」諾爾繞到奈西背後，委屈地說：「我好怕。」

不過奈西這次沒有再受騙了，一開始他是真的以為諾爾會害怕，所以都會心疼地安慰他，可現在他已經知道實際上諾爾根本都是在裝可憐，但即使如此……

「好啦，你乖啦……」一看見諾爾可憐兮兮的樣子，他又狠不下心，只能仰頭苦笑著摸摸諾爾的頭。

「你就是這樣才老是被他吃得死死的！不要什麼都順著他！」看諾爾被摸得很舒服的樣子，伊萊忍不住氣呼呼的說。

「伊萊，嚇人。」

「你說什——」

雖然處於爭執的中心，奈西卻忍不住感到開心起來。

「大家都很擔心你，所以，回來，回到大家的身邊。」

諾爾的話一直盤旋在他心中，他明白自己在無意間讓身邊的人擔憂了。他之前一直覺得這種故步自封的做法是最好的，也因此聽不進任何人的勸解，但現在他終於想通了。

「對不起……讓你們等了那麼久。」在爭吵聲中，他帶著微笑喃喃說，即使沒有任何人聽到。「我回來了。」

在霍格尼事件之後，整個城鎮有一陣子都在討論這件事。災厄之龍的出現無疑引起了莫大恐慌，但奇蹟的是沒有任何傷亡。有鑑於霍格尼過去惡名昭彰的事蹟，這幾乎是不可能的情況，暴食霍格尼沒吃了任何人還是史上頭一遭，沒有人知道這是怎麼回事。

另一方面，霍格尼回去之前供出了自己的召喚師，芬里爾一族接連在城鎮裡引起兩次災難這一點引起軒然大波，艾琳娜不僅被王族下令關進城堡監牢，芬里爾家的宮廷召喚師也受到牽連，不再跟以前一樣被重用。

「總之，我阿姨有好一陣子都會待在監牢裡，暫時不用再擔心了。」

奈西與伊萊並肩走在長廊上，也許是擔心他會害怕遭到報復，他的青梅竹馬鉅細靡遺地把自家對艾琳娜的處置說了一遍。

「本家派人清空了阿姨的地下實驗室，災厄之龍的召喚陣也被毀掉，那隻龍以後出現也不會再被關在那個籠子裡了。至於在沒有籠子的情況下，阿姨還敢不敢召喚他，那就是她的事了。」

「嗯。」

雖然差點被霍格尼殺死，但後來奈西也知道了這隻龍跟當初的火蜥一樣是受到強烈意志折磨的幻獸，只要想到這點，他就無法怪罪霍格尼。

本來奈西對於火蜥的事件一知半解，但經過霍格尼的事件後，他終於明白了整件事的全貌。艾琳娜正是他最討厭的那種召喚師，從不用意志控制幻獸的奈西無法接受居然有人會利用意志摧毀幻獸的心智。

在奈西仍若有所思時，伊萊默默開口了：「不告訴大家實情，眞的好嗎？」

暴食霍格尼奇蹟似的沒有吃掉任何人，這都是奈西的功勞，然而奈西卻要伊萊什麼都別說。明明只要說了，奈西就會被另眼相看，學校的同學們也不會再這麼看不起他，說不定還會得到王族的賞賜，可是奈西堅決不肯聲張，看在伊萊眼裡自然難受。

但奈西是因爲自有打算，所以才拒絕的。

「我……不想用這種方法改善自己的處境。」他已經下定決心要改變了，既然要振作，比起成為城鎮的英雄，他更想成為另一種人。

不過他沒有說出這個想法，所以伊萊以為他只是想過平靜低調的生活。

在霍格尼事件過後，奈西終於跟伊萊坦白了當年的事，而伊萊十分後悔自己那時不在現場，因為他是唯一能夠阻止奈西的召喚獸的人。同時，他也對自己這五年來一直對奈西不聞不問感到十分愧疚，所以對於好友的選擇，他沒有任何意見。

「這樣嗎……」伊萊壓抑著心裡的鬱悶，淡淡地開口。「只要你不會因此後悔就好。」

不管奈西選擇怎樣的道路，他都會接受，就算一輩子當個凡人，只要奈西覺得開心，那就沒問題了，他不會再以自己的想法去強迫奈西什麼。

「伊萊，我……」

奈西才剛開口，上課的鐘聲就響了。

「怎麼？」伊萊看向他。

「我、我……那個……」奈西的聲音很慌張，他繃著肩膀，將魔導書緊緊抱在胸前，耳根也微紅起來。

見奈西遲遲說不出口，伊萊嘆了口氣，拍拍他的肩。「等等我會慢慢聽你說，我還有課，先走了。」

奈西瞠大雙眼，眼睜睜地看著認眞向學的伊萊就這樣越走越遠。他明白自己不能再逃避，於是努力鼓起了勇氣，朝伊萊大喊——

「跟我決鬥吧！」

他的聲音清晰地迴盪在長廊裡，讓伊萊停下腳步。

伊萊緩緩回過頭，錯愕之情盡顯於色。

見到奈西的表情，他明白了奈西不是在開玩笑，這讓他感到更加疑惑。

「可、可是，奈西你不是——」

「我沒問題了。」奈西朝他露出燦爛的笑容，攤開雙手，臉上充滿了希望的光采：「我不會再過著以前那種故步自封的生活了，我要跟你一樣成爲優秀的召喚師。所以，跟我決鬥吧。」

伊萊睜大眼睛。

直到這時，他才知道諾爾成功了。

他眞的改變了奈西。

「這可是你說的。」伊萊忍不住興奮起來。他知道，他的青梅竹馬回來了。

「我可不會手下留情的。」

「嗯！」奈西用力點點頭。

比起成爲城鎮的英雄——

他更想跟伊萊一樣，成爲人人認可的優秀召喚師。

「——所以事情就是這樣，等等我要進行特訓，可能會有危險喔。」回家後，奈西立刻跟他的幻獸們說了這件事。他本來想讓他們先回去，但一聽到他要召喚B級幻獸，這幫幻獸便堅持要留下來看戲，沒一個肯聽話。無奈之下，他只好讓地精們跟托比躲在小蘋果身上。

基本上他也不是特別擔心會發生反撲的意外，因爲他要先召喚一隻幻獸出來，他相信這隻幻獸可以阻止任何B級幻獸的失控。

他攤開魔導書，白皙纖細的指尖輕觸頁面，書頁開始散發出光芒，前方地面出現一個召喚陣。

「召喚，魔羊諾爾瑟斯！」

召喚陣中央開出一個洞口，接著越來越大，直至占滿整個召喚陣。

他本來預期會立刻看見一道黑色身影跳出來，但意外的是並沒有。他記得上次也發生過這種事，於是困惑地往洞口看去。

「放開。」洞口下方，諾爾一臉眼神死的站在那裡，他的身旁貼著一名同樣有著羊角的金髮美女，她緊抱著諾爾的手臂不肯放手。

「不要！我也要去！我——也——要！一定又是你的新契約主召喚你了對吧！

我也要去漂亮的小花園，跟可愛的男孩子吃美味的下午茶！」

「妳是特殊召喚。」

「那你當我的指定幻獸嘛！這樣我就隨時能去了啊！」

「不要。」

奈西一眼就認出是諾爾上次跟他提過的幻獸。在勒格安斯爆料後，他問了諾爾之前在幻獸界發生的事，那時的諾爾直到說完整件事都悶著一張臉。

「諾爾，那個……」尷於時間不能拖，奈西只好又一次尷尬地打斷他們。

「你看！果然是他！不管，我也要啦！你根本不懂我的痛苦！每次召喚都要被拔毛的悲哀你懂嗎！」

見克莉絲又開始歇斯底里，諾爾無語的對奈西說：「救我。」

「那、那個……赫拉克莉絲小姐。」情況沒得選擇，奈西只好開口，儘管他的聲音聽來有些窘迫。「我這次只是要找諾爾特訓……而、而且我現在也還無法召喚妳……」

他聽諾爾說過，克莉絲現在的指定幻獸換成了住在艾爾狄亞高山上的一位羊爺爺。由於那位爺爺是A級，他實在不敢嘗試。

「等我成爲A級召喚師後，一定會召喚妳的。所以在那之前……可以先等我一些時間嗎？」

「眞的嗎?」聽見這番誠懇的請求，克莉絲的眼睛亮了起來。她放開諾爾，朝奈西欣喜地高舉雙手。「那就這麼說定嘍!你一定要召喚我!等你喔。」

說完她還不忘給奈西一個飛吻，惹得他的臉瞬間一片通紅。

「特訓?」諾爾抓到的重點完全不同，他思索了一會兒，在被克莉絲放開後立刻走向一旁，而不是穿過光門。

「諾、諾爾?」奈西驚恐地看著諾爾消失在視線中，同時召喚門也開始縮小。在他驚慌無比地準備大喊諾爾的名字時，一陣乒乒乓乓的聲響傳來。

「哇啊啊諾爾你、你做什麼!」

「等等啊諾爾!他還沒付錢!」

在一連串桌椅被撞倒的聲音與乒荒馬亂的叫喊聲之中，奈西看見諾爾忽然再度出現在下方，飛快地跳了上來，手上還拎了一個男人。

「咳、咳……」在他們過門後，召喚門迅速消失，那名有著狼耳的男子狼狽地坐在地上，像是嗆到了一樣不斷咳嗽著。

「我朋友，菲特納。」諾爾無視菲特納的慘狀與奈西目瞪口呆的表情，十分冷靜地介紹。

「你、你就不能先知會我一下嗎?我遲早會被你嚇到沒命……」

「B級狼族幻獸，艾爾狄亞守護者。」

「……」

發現諾爾根本沒打算理會自己後，菲特納認命地觀察起四周環境。他本以爲諾爾叫上自己是爲了什麼棘手的任務，但眼前的景象根本跟危險這類的詞語完全無緣，種滿各色花朵的繽紛小花園、一個看起來善良無害的少年，怎麼看都是來玩的。

「B、B級？」一聽見這個等級，奈西的臉色又蒼白起來，但他很快用力搖了搖頭，甩去心中的不安，並快步走上前，閉緊雙眼朝菲特納伸出手。

「你、你你你好！菲特納先生！我、我叫奈西……」

「喔？喔……你、你好……」菲特納愣了愣，很自然地把手放到奈西手上。

「啊啊啊啊！」才一碰到奈西便縮回手大叫，他連連退了好幾步，最後乾脆躲到諾爾背後。

這次換菲特納目瞪口呆了，他完全搞不清楚發生了什麼事，奈西的反應就好像他有皮膚病似的。

「他很溫馴，別怕。」諾爾緩緩讓出空間，讓奈西看清菲特納。

奈西僵硬地站在原地，沉默了一會兒後，握緊拳頭緊閉著雙眼大喊：「沒、沒錯！沒什麼好怕的！我可是已經跟伊萊約好一個禮拜後要決鬥了啊，絕不能讓他失望！」

「等一下，到底是怎麼回事？拜託誰來跟我解釋一下……」菲特納頓時覺得自己好像馬戲團裡的獅子，偏偏這裡沒一個人或幻獸肯向他解釋狀況。

「做得好諾爾，菲特納是個很好的練習對象。」

托比從小蘋果身上跳下來，跑到菲特納肩上，轉頭對地精們說：「喂，下來吧，這傢伙沒威脅性。」

菲特納看見一群地精從蘋果樹人身上溜下來，一個個在他身旁打著轉品頭論足。明明有一堆幻獸看著他，卻沒半隻聽進他的話，於是他悲哀地決定自己想辦法了解情況。

所幸諾爾之前就曾說過，他遇見了一個怕他的召喚師，看來肯定就是這個叫奈西的少年。菲特納知道諾爾後來成功收服了這個召喚師，不過沒想到他的反應會這麼大。

「我們的主人很怕高等幻獸，他正在進行克服恐懼的特訓，你就表現一下，讓他知道B級幻獸的可愛之處。」

托比站在菲特納肩上，說得頭頭是道，但這個任務對菲特納來說可難了。

「爲什麼要我做這種畜牧型幻獸的工作啊……辦不到啦。」他苦著一張臉，萬萬沒想到自己居然有天會要完成這種任務，這對他而言比打架困難多了。

而一旁的奈西朝他走了幾步便停下來，忐忑不安地看向諾爾。「他、他眞的沒問題嗎？雖然諾爾你說他也是艾爾狄亞守護者……可是居住在艾爾狄亞的不是大多都是畜牧型幻獸嗎，爲什麼專吃牲畜的狼會是守護者之一？他會不會是扮豬吃老虎的角色？」

「扮豬吃老虎的人不是我，是你現在問的那個人。」菲特納悶悶不樂地抗議。

「不過我之前確實會吃艾爾狄亞的居民，直到遇見了諾爾。」

「諾爾感化了你？」奈西用崇拜的目光瞄了諾爾一眼，想不到諾爾不只是他，連狼都能感化。

「不，他把我打到跪地不斷求饒，爲了賠罪，我才成爲了守護者。」

「……」

「我很溫馴。」

「他是個溫馴百分之十凶猛百分之九十的傢伙啊，別被他騙了。」

「……菲特納。」

「我我我什麼都沒說！諾爾你不要生氣！」

聽見這段對話，奈西忍不住笑了出來，緊張的情緒也緩和了不少。他看了諾爾一眼，諾爾立刻用無辜的眼神回望他。

奈西絲毫不懷疑菲特納的話，不過他並不感到害怕，因爲不管其他人怎麼說，諾爾在他面前都是百分之一百的溫馴。

既凶猛又溫馴，這就是他的幻獸諾爾瑟斯。

「抱歉，我剛剛太激動了。」奈西鼓起勇氣，再度走上前朝菲特納伸出手，菲特納有點遲疑地抓住他的手，這次奈西沒有再逃走。

他動作有些僵硬地把菲特納從地上拉起來，然後露出一個友善的微笑，忽然覺得自己方才真的太過大驚小怪了。這裡除了他以外，根本沒有任何生物在懼怕菲特納。

「你人眞好……怪不得諾爾想要你，這種個性分明就是會被他吃得死死的——嗷嗚嗚嗚！」他的腳被不知何時走過來的諾爾「輕輕」一踩，整隻狼摀著腳在地上哀嚎。

「特訓。」諾爾輕摟住奈西的手臂，略顯不滿地催促。

「……」

「聽好了，奈西，因爲諾爾說你似乎對意志有些誤解，所以我們現在要向你說明關於意志的事情。」

繽紛的小花園裡，穿戴整齊的兔子托比站在講桌上，旁邊立著一塊跟他身形一樣大的黑板。

奈西坐在講桌正前方，旁邊跟著坐了許多幻獸，連小蘋果也抱著膝蓋坐在地上。在場所有幻獸都已經不是第一次當托比的學生了，托比無論在人間界還是幻獸界，都經常擔任老師一職。

「或許你們人間界的老師都說，所謂的意志就是『決心』，想要令幻獸服從自己的意念越強，越能驅動契文。」

奈西點點頭，同時露出忐忑不安的表情。「我直到認識伊萊才知道有這東西，大家都把它視爲理所當然，可是……可是我根本做不到。你們對我而言都是家人，我怎麼可能試圖控制從小養育我的幻獸……」

諾爾眉頭一挑，這才理解了爲何奈西一直沒有訓練自己的意志。幻獸們對他有養育之恩，從小就這麼認定的奈西稍微長大後，從同爲人類的同伴身上得知幻獸其實是人類的奴僕這點一定難以接受。因爲無法做到，所以在召喚出來的幻獸失控後，奈西才選擇了隱藏自己眞正的實力。

「確實大部分的召喚師都是用控制欲去制服自己的幻獸，不過所謂的意志並不是只有控制而已，無論是怎樣的決心，只要強烈到能夠傳達給幻獸，一樣能引起契文的共鳴。」

「意志只能控制我們的行動，不能控制我們的心，除非摧毀我們的意志。像是無論你的意志再怎麼強，要令幻獸愛上自己都是不可能的。所以，要眞正馴服一隻幻獸，靠的是召喚師的『心』，我們能透過契文感受召喚師的意志與心中所想，不管是怎樣的想法，只要夠強烈都能接收到。」

這時，菲特納像是突然想到什麼似的插嘴：「有一次就是這樣，我的召喚師對戰到一半突然肚子痛，他想奔向茅廁的欲望強烈到都透過契文傳過來了，所以最後我跟敵方的召喚獸停下戰鬥，讓他先去拉屎。」

此話一出，整個場面冷了下來。

「你不說話沒人把你當啞巴。」托比打破沉默，瞪了菲特納一眼。「總之，意志不是這麼可怕的東西。尤其是對那種活了上千年的S級幻獸來說，控制欲一點也不管用，要讓對方幫你，只能讓他感受到你的心意。」

「使用意志時，最重要的不是『控制欲』，而是『心意』。只要你可以掌握這點，總有一天，只要是你想要的幻獸都能手到擒來。」

如今，奈西才總算多多少少明白了勒格安斯的話。他一直以為意志是很可怕的東西，但其實不然。這世上確實存在著像艾琳娜那樣會以恐怖意志控制幻獸的召喚師，但今天聽了托比的話，奈西忽然覺得自己或許能找到一個屬於他的方法來馴服幻獸。

他不像大多數的召喚師一樣，能夠理所當然地對幻獸下命令，但如果可以不用以主人的姿態，而是像朋友或家人一般與幻獸並肩戰鬥的話……那麼，他相信自己做得到。

此時，坐在奈西身旁的諾爾朝他微微傾身，在他耳邊低聲說：「你的意志，喚醒了我。」

奈西敏感地猛然拱起肩膀，拉開一點距離後，略顯呆愣地看向諾爾。他很快想到那天諾爾在絕佳時機刺中了霍格尼的事，當時諾爾手臂上的契文確實發著光。

「你想保護我，所以我，一定也要保護你。」

原來諾爾那時炯炯有神的目光與毫不猶豫的行動，都是因爲感受到了他的意志。這是奈西第一次成功發動意志，而諾爾的行爲也明白地告訴了他，使用意志不是只代表著控制，因爲在那一刻，想要保護彼此的意念交織，才讓他們成功給了霍格尼一個痛擊。

「諾爾……」

看著諾爾眞誠的眼神，奈西忍不住有些感動，內心對意志的抗拒也逐漸瓦解。在他忍不住對諾爾露出燦爛的笑容時，一旁的地精們開口了。

「放閃。」

「放閃不用錢。」

「我瞎了。」

奈西搗住泛紅的臉龐，要托比繼續說下去，兔子先生卻將黑板一收，指向菲特納。「關於意志的事也講得差不多了，現在，奈西你的第一項功課就是驅動菲特納的契文。他是我見過最好驅動的B級幻獸，來試試。」

「哎？立刻就要？」奈西嚇得彈起來，他才認識菲特納不到一天。「爲什麼不是諾爾？」

「諾爾的不太好驅動，他總是在跟召喚師比拚意志，所以長期下來，他的意志也變得挺堅強的，差不多要伊萊那種等級的人才能強迫他。」

諾爾聳聳肩。「我只是不想動。」

「……也就是說，你要他動的決心得戰勝他不想動的決心。但是何必這麼累啦？明明眼前就有一個只要接受到召喚師的意志就會興高采烈的傢伙在！菲特納，過來！」

「沒問題，我準備好了！」菲特納興奮地跳起來，站到奈西前面嚎叫一聲，然後很自然地四腳著地，化爲跟幻獸諾爾差不多大小的狼。「來吧！」

奈西睜大眼睛，整個人呆在原地。

「嗯？奈西你怎麼了？快來呀。」面對呆若木雞的奈西，菲特納非但沒有察覺到任何不對，甚至還上前聞了聞他，在他身旁轉了轉。「奈西？」

奈西白眼一翻，暈倒在地上。

眾幻獸沉默地看著他們的主人。
完蛋了，一個禮拜後眞的沒問題嗎？

第十章

奈西要與伊萊決鬥的事在學校傳得沸沸揚揚。伊萊找奈西的碴已經不是一天兩天的事了，雖然眾人都很疑惑爲何這個天才召喚師老要去找一個E級召喚師決鬥，但令他們跌破眼鏡的是，奈西居然有答應的一天。

關於奈西爲何會同意，眾說紛紜，有人說這是芬里爾家爲了鞏固名聲，故意暗中操作這一切，也有人認爲奈西是被霍格尼嚇到腦袋燒壞了。除了當事人以外，沒有人清楚事情的眞相。

「奈西？」

一名披著黑色召喚師袍的男子偶然聽見這件事，他在長廊上停下腳步，豎耳傾聽學生們的對話後，忍不住輕輕嘆息一聲。

站在他肩上的烏鴉拍了拍翅膀，嘻嘻笑著問：「怎麼了？勇者大人。」

「不要叫我勇者。」男子的聲音帶著絲慍怒，不過他的烏鴉沒有一點害怕，依舊嘻嘻皮笑臉。

「那天到底發生了什麼事，勒格安斯也沒跟我說清楚。」他的語氣帶著責怪。

「你也知道他就是那種性格嘛，介意的話就去看看吧，好像就是今天啊。」

男子點點頭，隨著學生們的腳步走向學校裡的競技場。

「不管啦！我要去看！」

時間回到稍早之前，諾爾才剛出家門就被一堆幻獸纏住。

他眼神死的站在原地，任憑一群畜牧型幻獸抓著他的手、抱著他的腿不放。自從托比說出他與災厄之龍正面對決的事蹟後，他就成了艾爾狄亞畜牧型幻獸們的偶像，一得知他今天要跟龍族決戰，這些幻獸為了一睹羊V.S.龍的經典場面，一大早就纏著他。

「你的召喚師有很多魔力不是嗎？不會死啦！」雞冠少年緊抱著他不放。

「召喚我們又不需要多少魔力！」一隻迷你豬也緊咬住他的褲腳。

說是這麼說，但全部召喚出來需要的魔力也不少，在這種重要的日子，魔力當然是能保留就保留，就算是魔力多的奈西也該如此。

「放開。」諾爾真心覺得最近大家都有意阻撓他。

「不要！」

「……」

當他被困在原地不知該如何是好時，頭頂正上方忽然浮現召喚陣，讓他終於有了藉口離開這裡。反正他並不擔心會被召喚太久，因為他向來惹召喚師心煩，總是不到半小時就會回來。

可當他穿過門後，眼前並不是牧場或農田之類的地方，而是簡樸的閣樓房間。陽光透過床邊唯一的窗戶灑進室內，帶來溫暖的氛圍，樸拙的紅褐色窗子攀滿了藤蔓，上面開了不少白色小花，淡雅的花香隨著清晨的微風飄進來，空氣中充斥著清新的氣息。

他的召喚師坐在床上，背對著陽光看向他，溫柔的微笑裡一如往常帶著點傻氣，一頭漂亮的金髮在陽光的照射下更加耀眼迷人。奈西穿著睡衣，頭髮也顯得微亂，似乎是剛醒。

諾爾知道現在還不是召喚他的時候，奈西應該在決鬥時再召喚他才對。

「怎麼？」他走至奈西身前。

「我……有點緊張。」奈西有些尷尬地笑著，摸摸自己的後腦勺。「不知道有沒有問題。」

雖然他這一整個禮拜都很努力地在練習克服恐懼，但他還是很擔心正式上場時又出問題。

諾爾在他身旁坐下，本想說些話，但一看見奈西那頭被晒得閃閃發光的金髮，便忍不住伸手揉了揉。奈西的頭髮十分細軟柔順，諾爾猜想如果奈西是幻獸，肯定是隻溫馴無比的綿羊，而且還是隻金羊。如果金羊是奈西的話，那要當他的指定幻獸也不是不行。

「諾爾……」在諾爾胡思亂想的期間，剛睡醒的奈西頭髮被越弄越亂，讓他不得不有些困擾地喊出聲。

「奈西做自己就好。」諾爾的手停在奈西的頭上。「跌倒了，沒關係，有我在。無論多少次……我都會帶你走向，與我相同的未來。」

聽了這番話，奈西看了諾爾一會兒，接著笑逐顏開。

「嗯！」他用力點點頭，放下心中最後一顆大石。

無論今天結果如何，他的人生都已經改變了。他再也不會像以前那樣故步自封，他要跟諾爾一樣成爲堅強的人，保護所愛的事物。

不管跌倒多少次都沒關係，從今以後，諾爾會一直陪著他前進的。

學校專用的競技場邊早已擠滿了人，放眼望去幾乎都是學生，也有幾位老師好奇地到場觀看。這場A級對D級的決鬥前所未聞，伊萊的實力眾所皆知，就連一些老師也不敢輕易挑戰他，因爲他已經跟大部分的師長一樣是A級，又來自強悍的芬里爾家，更不用說其他學生了。

但是今天有一位勇者站出來了，雖然是D級，卻被稱爲E級召喚師的吊車尾少年將要挑戰學年第一的天才召喚師。

「喂，我記得奈西當初考D級也是勉強低空飛過啊，他到底是哪來的自信敢挑戰伊萊啊？」

「我也不知道……可是你沒聽說過嗎？他之前召喚出的幻獸技壓全場，痛扁班上同學的召喚獸。」

「可是沒有人看到他召喚不是嗎？確定是他的？」

學生們議論紛紛，納悶地看著站在競技場中的奈西。

由於是培育召喚師的學院，這所學校設有許多供幻獸對戰的競技場。伊萊跟奈西選了一個位於戶外的競技場，這個場地的設計跟上次那間教室裡的競技場差不多，只不過大上了好幾倍。

兩人分別站在競技場的兩端，各自攤開手上的魔導書。

「爲了這一天，我已經等了五年。」伊萊的眼神充滿自信。「我說過不會手下留情的，這五年來我可是進步許多，你要是不盡全力可贏不了我。」

「嗯！我知道啊，伊萊的努力我一直看在眼裡。爲了不讓你失望，我一定會打敗你的。」奈西興高采烈地回應，此刻他的眼中早已沒有一絲恐懼與緊張。

「是嗎？還眞令人期待呢。那就由我先召喚了。」伊萊將手放到魔導書上，書頁開始發光。

「召喚，A級龍族，錘龍格倫亞。」

前方地面上浮現一道召喚陣，接著一個影子飛快地從裡面衝出來。一隻至少有五尺長的龍出現在眾人眼前，他擁有龍的頭，身體卻罕見的像蛇一般沒有四肢，布滿了細小繁多的龍鱗，腰部則有一對龍翼，但長度不及身軀的一半。而他渾身上下最顯眼的部位是他的尾巴——體型優雅纖細的他，唯獨尾巴異常腫脹，上面還長滿了巨大尖刺，就好像一把巨型戰錘。

錘龍腹部上的契文發著光，他朝奈西吼叫一聲，一雙銳利的金眼目光凌厲，充滿了敵意。

奈西將手放到書頁上，嘴角仍帶著微笑。

已經沒什麼需要恐懼的了。

「召喚，B級羊族，魔羊諾爾瑟斯。」

召喚陣浮現，一隻巨大的黑色公羊從裡面跳出來，漆黑的羊毛在陽光的照射下展現出漂亮的色澤，胸前那圈蓬鬆的白毛也更顯雪白。他的綠眸散發著詭異的綠光，有種駭人的妖異美感。

當諾爾出現時，競技場外響起一片驚呼，諾爾的幻獸模樣超乎所有人的想像，就連伊萊也嚇了一跳。他挑了挑眉，有些意外諾爾的幻獸形態會是這個樣子。

而幾乎令所有人跌破眼鏡的是，奈西將魔導書翻了一頁，竟再度把手放上去。

「召喚，Ｂ級狼族，惡狼菲特納。」他的聲音十分平穩，沒有任何遲疑。經過早上諾爾的打氣，他已經不再害怕了。

一隻褐色的狼飛快地跳出來，跟諾爾一樣逼近兩尺高，擁有一對流露出凶光的紅眼。他嘴巴微張，露出銳利的尖牙，與內斂卻駭人的諾爾不同，菲特納的幻獸形態直接表現出他就是隻不好惹的凶惡幻獸，這也是爲什麼奈西會一看見他的獸形就昏倒。光從外表來看，菲特納給人的威脅感更甚。

「兩、兩隻Ｂ級？我沒看錯吧？」

「他不是才Ｄ級嗎？爲何能這麼輕鬆地召喚出兩隻Ｂ級？」

「這兩隻幻獸看起來都不好惹，怎麼可能同時控制……」

場外觀戰的學生們議論紛紛，以錯愕與不敢置信的目光盯著奈西。大部分的人都以爲這場決鬥是爲了凸顯伊萊的強大而進行的演出，因此他們萬萬沒想到，奈西眞的能召喚出強悍的幻獸與伊萊抗衡。

召喚師的決鬥不限制喚出的幻獸數量與強弱，只要召喚師能確保自身魔力不至於耗盡，以及擁有足夠堅強的意志控制場上的幻獸，要召喚多強或多少幻獸都取決於自己。奈西的意志不足以控制Ａ級，所以他召喚了兩隻與他最親近的Ｂ級幻獸。

若不是菲特納天性和善親人，否則以他嚇人的外表，恐怕給奈西幾個禮拜都無法適應。

爲了增加菲特納的親切感，當時諾爾甚至還做了這種事——

「他眞的不可怕，你看。」諾爾面無表情的對菲特納伸出手。「握手。」

菲特納還眞的毫不猶豫地立刻將狼爪放在他手上。

「坐下。」

菲特納乖巧地坐下，高興地搖著尾巴。

「學狗叫轉三圈。」

「汪！汪！汪！」

「……」

當奈西看完這一連串的指示後，忽然覺得這隻狼確實親切多了。

儘管他的幻獸們都已經笑到翻過去。

據說菲特納以前並沒有那麼M……不，是沒有那麼溫馴。但是在諾爾身邊待久了，他被調教——感化得很好，所以才會變成現在這副模樣，他是經諾爾認證的溫馴幻獸。

奈西含笑闔上魔導書。「我準備好了，開始吧。」

「當然，我等不及幹掉那隻羊了。」伊萊也闔上書，他伸出了手，以宏亮的聲音喊道：「上吧，錘龍格倫亞！」

對面的龍拍起翅膀，朝諾爾他們衝過來。諾爾一挑眉，看了眼伊萊，伊萊也正看著他，還露出自信的笑，挑釁意味十足。諾爾馬上明白伊萊是故意的，伊萊知道他擁有怪力，所以特地選擇了一隻破壞力強的幻獸來對付他。

雖然有一條笨重的錘尾，但錘龍的速度一點也不慢，他流線型的身軀具備很好的靈活度，破壞力強又行動敏捷，完全就是衝著諾爾而來。

諾爾開始懷疑，如果他輸了，伊萊會不會跟奈西推薦這隻錘龍──「論行動力與攻擊力都是這隻龍略勝一籌，既然如此，你要那隻羊做什麼呢？換我的龍吧。」

如果伊萊跟奈西這麼說就麻煩了，他可不希望自身地位被動搖。於是他不屑地哼了一聲，接受伊萊的挑戰。

在錘龍衝過來的時候，他率先跳起來以後蹄踢向錘龍，但被對方避開。錘龍張大了嘴朝他咆哮，笨重的錘尾使勁揮過來，這時黑霧出現，諾爾瞬間化爲人形，巨劍揮過去與錘尾正面交鋒。

當巨劍砍在錘尾上時，強大的衝擊力掀起一陣狂風，兩方停滯在空中互不相讓，最後同時收了回去。

諾爾看了伊萊一眼，忍不住嘴角上揚哼笑一聲，旁邊的菲特納被他嚇得連連退了好幾步。

「出現了嗚嗚嗚，是諾爾的微笑！上次看見他的笑容是我們初次見面，我被他打到滿地找牙的時候啊！」

那恐怖的微笑菲特納不可能忘記。

他還記得當時諾爾用力踩著他的背，露出一閃而逝的抖S微笑，在那之後，他有陣子一見羊就怕。

奈西已經完全無語了，他開始考慮要不要叫諾爾對同伴好一點，可是他猜想諾爾一定會表面上很溫順地答應，私底下還是這個樣子。

錘尾以凶猛的氣勢橫掃過來，諾爾一個躍起，再度揮出巨劍，沙塵隨著劍的弧度飛揚而起。這次諾爾由上而下用力砍下，其勢頭之凶猛令錘龍不敢大意，在他小心地閃開後，巨劍砍入地面，掀起一大片沙塵。

諾爾一把將巨劍拔起來，扛到了肩上，眼中沉靜地燃燒著鬥志。他十分帥氣地比了個前進的手勢，菲特納立刻會意過來，朝格倫亞衝過去。

「啥？那隻羊是老大？」

「我肯定看錯了，他跟教科書上寫的羊族完全不一樣……」

諾爾的表現不斷推翻觀眾既有的印象，勇猛強悍的樣子令人大開眼界。面對A級龍族，他不僅沒有半點恐懼，甚至還打得不相上下，完全顛覆了種族強弱論。

鍾龍充滿敵意的咆哮一聲，尾巴朝菲特納甩過去，但菲特納沒有閃開，而是豪邁地直接張嘴咬住，整隻狼被這陣衝擊弄得向後滑行好幾步。在停下後，他立刻用力一甩，鍾龍瞬間整個被甩向一邊。

鍾龍拍著翅膀掙扎著起身，諾爾飛快地跑過來砍出一刀，鍾龍發出憤怒的尖叫聲，用自己修長的身軀捲住諾爾。

但在他準備勒死諾爾時，菲特納跳到他身上狠狠咬住他的頸子，利牙嵌入密集的鱗片內，鍾龍痛苦得立刻放開諾爾，轉而全心對付菲特納。他的鍾尾猛然往菲特納揮去，見狀，諾爾一個飛踢踢歪了鍾尾的攻擊軌道。

兩人合作無間的默契與毫不間斷的攻勢逼得鍾龍節節敗退，眼看情況不妙，伊萊下了指令：「往上飛！」

鍾龍一個振翅疾飛，甩開了地面上的兩獸。

伊萊又沉著地說：「不要被他們抓住，在空中用鍾尾攻擊。」

鍾龍聽從他的指示，不再靠近地面，只是在空中不斷用鍾尾橫掃諾爾他們，每當他們想抓住他時，他便又飛到高空。

「可惡，會飛了不起啊！」菲特納朝鍾龍吠叫一聲，這點確實是他跟諾爾的致命傷。

鍾尾的攻擊力很強，而且速度又不慢，若是稍微分心就會被掃中，單論這點甚至比骷髏王的拳頭還具威脅性。諾爾苦思著對策，他是有一招可以打到空中的敵人——把巨劍當迴力鏢甩出去。但那也要敵人速度夠慢才行，錘龍行動迅速，又擅於在空中飛行，要擊中他很困難。

「諾爾！」菲特納驚慌的叫聲喚回了諾爾的注意力，在諾爾回神的瞬間，錘尾正面向他擊來，他心頭一驚，以最快的速度閃開，但手臂還是被尖刺劃過，鮮血霎時濺了出來。

四面八方響起一聲聲驚呼，諾爾摀住流血的手臂，看向錘龍。

情況不妙，錘龍留下的傷口很深，令他的力量打了折扣，恐怕無法再使出跟之前一樣強力的攻擊。

「諾爾……」奈西無比擔憂的聲音從身後傳來，諾爾回頭一看，只見奈西又露出快哭的表情，想衝過來檢查他的傷勢，但礙於雙方還在決鬥而無法動作。

奈西這副模樣卻讓他不禁放鬆下來。他的召喚師總是這樣，每次面對幻獸受傷時都彷彿自己受了傷一樣難過。看來他不變強一點不行了，不能老是讓奈西擔心。可是現在該怎麼做才好呢？如果沒個有效的對策，是贏不了錘龍的。

就在他這麼想的時候，一道召喚陣浮現在他的肩膀上，一個柔軟的物體貼上他的頸子。

他愣愣地轉頭一看，見到奈西的使魔伊娃就在頸邊，與他一起面向錘龍。

「伊、伊娃？」伊娃的舉動讓奈西嚇壞了，原本一直趴在他肩上的毛蟲居然自動轉移到了諾爾身上。「妳做什麼?快回來啊！」

「喂喂，那不是奈西的等級E使魔嗎？」

「不具戰鬥能力的幻獸跑到A、B級幻獸的戰場幹麼啊，找死嗎？」

「和主人一樣頭殼壞掉了呢。」

觀眾們竊竊私語著，有不少人已經忍不住笑了出來。不管奈西再怎麼想出人意表，放一隻等級E的幻獸去決鬥都實在太過離譜。

無論是多弱小的幻獸，只要能夠戰鬥，就至少會被判定為等級D，D級幻獸可以隨著實力增加慢慢往上提升階級，但等級E卻代表著永遠不具戰鬥能力。可是現在，這隻等級E的幻獸居然破天荒的闖入了戰場。

諾爾只跟伊娃對看了幾秒，便明白了她的意思。

他拍拍伊娃的頭表達鼓勵，眼中重新燃起鬥志。「是時候讓大家見識一下，等級E的厲害。」

錘龍的尾巴再度朝他砸來，這次諾爾看清了攻擊閃開，當堅硬的錘尾與他擦身而過時，一道白色的絲噴射而出黏住了錘龍的尾巴，在錘龍飛到高空時，諾爾伺機抓住白絲，用力往地面一扯。

錘龍就這樣被他拉下來，像風箏一樣被他控制在手裡。

所有人目瞪口呆地看著伊娃吐出來的那道絲，說它是絲其實有點名不符實，因爲它的粗細跟一根樹枝差不多，不過這種粗細能硬生生黏住一隻龍還是太誇張了。

諾爾之前就覺得伊娃的絲堅韌得很離譜，一條細細的絲居然有辦法減緩他下墜的衝力，他敢肯定一般的毛蟲幻獸絕對不可能吐出這麼堅韌的絲。奈西老是召喚出一些奇葩，召喚羊族召喚到特別凶猛的他，連召喚毛蟲也可以召喚出能夠把龍困住的逆天毛蟲。

「上。」他對菲特納下了指令，菲特納立刻聽話地撲上去與錘龍纏鬥起來，很快一口咬住錘龍的尾巴，跟著諾爾合力把對方甩到地上。

錘龍憤怒地嚎叫，他用盡全力想甩開這條絲，諾爾頓時被拖行了好幾步，而後絲斷了，錘龍重新回到空中，有些忌憚的不斷朝他們咆哮。

諾爾與伊娃四目相交，接著朝錘龍衝去。在他來到錘龍正下方時，伊娃一個吐絲，再度黏住了錘龍的尾巴，並在諾爾握住絲後飛快地咬斷，再次吐了一道，如此反覆了四、五次。

諾爾握緊那幾道絲，順便看了伊萊一眼，只見伊萊臉都綠了。他完全沒想到有朝一日自己的龍會被一隻E級幻獸困住。

錘龍不斷掙扎，但這下子就算他使勁甩動也無法掙脫了，他的錘尾已經完全被伊娃的絲封鎖，只能就這樣被諾爾拖走。

「抓好。」諾爾將絲交給菲特納，後者連忙化爲人形握住。但才一握住，他便差點被錘龍拉到空中，他驚叫一聲，用盡吃奶的力氣才把這個龍形風箏扯下來。

錘龍被拖著往下墜落好幾公尺，在他不斷咆哮掙扎時，一道黑色的影子衝上來擋住了他的視線。

諾爾目光如炬，威風凜凜地握著巨劍，肩上掛著一隻看似孱弱的毛蟲。黑羊劍士舉起了劍，氣勢洶洶地朝錘龍揮去一個半月形的斬擊。

強勁的風壓掀起一片沙塵，豪氣萬分的攻擊徹底砍在錘龍身上，一道血花濺出，錘龍發出淒厲的哀嚎，終於停止掙扎，往後一仰倒在地上，失去了戰鬥能力。

現場鴉雀無聲了一會兒，隨即爆發出響徹雲霄的歡呼。

「贏了？眞的贏了？！對手是那個伊萊耶！」

「如果不是親眼看見，打死我也不會相信那麼強悍的龍族居然會栽在一隻毛毛蟲手上！」

「太強了！靠兩隻B級一隻E級鬥倒了A級龍族！」

「那隻羊太強了啊！我再也不相信什麼種族論了！」

歡呼聲四起，這場完全顚覆教科書知識的戰鬥令所有人大開眼界，臉上盡是興奮與不敢置信的神色。沒有人料到這場決鬥會是由被稱爲E級召喚師的奈西獲勝，而且他召喚出來的全都是等級較低、種族也不占優勢的幻獸。

奈西睜大雙眼，一時無法相信眼前的景象是眞的。他呆愣在原地，而諾爾回頭看向他，那雙漾著溫柔笑意的眼眸終於讓他找回神智。

他露出燦爛的笑容，邁開腳步，衝上前撲抱住諾爾。

「贏了！我們眞的贏了伊萊！」奈西興奮地緊擁著諾爾高聲喊道，喜悅的笑容讓他的臉上浮現淺淺的酒窩，眼中充滿光彩。「你們眞的太厲害了，居然打贏了A級龍族！」

諾爾用沒有流血的那隻手輕輕摟住奈西，點了點頭。他看了伊萊一眼，彷彿不敢相信自己會有落敗的一天，伊萊也呆愣在原地，但是當聽到眾人不斷喊著奈西的名字時，他逐漸回過神，抬頭看向觀眾席，忍不住露出微笑。

他朝奈西走過去，對他伸出手。

「果然，無論過了多少年，你依然是我的勁敵。」

伊萊說著，嘴角帶著淡淡的笑意。雖然落敗了，可他一點也不覺得難過，不如說，他已經等待這一天很久了。

幼時無數與奈西對戰的畫面一一浮上心頭，現在，這些記憶又重新變得鮮明而清晰。

奈西燦笑著握住他的手，欣喜之情溢於言表。見到這副表情，伊萊放心了。

他明白，只要奈西的身邊有那隻黑羊存在，便永遠不會迷失自我。

他不必再擔心失去他的青梅竹馬了。

從今以後，奈西會重拾他的才華，與他一起邁向美好的未來。

奈西獲勝後，有很多事改變了。

由於用B級羊族與狼族以及一隻E級毛蟲幻獸對抗龍族，最終還逆轉勝這件事實在太過傳奇，學校裡的師生有好一陣子都在討論這件事。

年輕一輩的召喚師因爲這件事而對種族論改觀，不再那麼執著於種族與等級強悍的幻獸，就連老師們也開始考慮改寫教科書中的部分知識。首先，種族強弱不是絕對的，其次，等級E的幻獸只要好好發揮自己的專長，也有可能打倒一隻強悍的幻獸。

奈西奇蹟般的勝利讓他不再受到輕視，只不過大家還是稱他爲E級召喚師，但如今並不是因爲歧視，而是因爲他憑著E級幻獸演出逆轉勝實在太令人印象深刻，簡直前無古人後無來者，使大家依然「尊稱」他爲E級召喚師。

許多人在賽後跟奈西要諾爾的契文，不過都被拒絕了。奈西知道諾爾是個怕麻煩的人，如果工作量增加了，肯定會不開心的。再者，他也希望自己隨時都能召喚到諾爾，雖然有點私心的成分在內，但他相信諾爾不會因此不高興的。

「所以獲勝後，你有變得比較受女生歡迎嗎？」有一天，托比決定了解一下奈西目前在學校的生活，於是要求一同去上學。他趴在奈西的頭上，興高采烈地提問。「有吧？絕對有吧？你長得不差，又比伊萊強，絕對會比那小子受歡迎！」

聞言，奈西有些尷尬地搔搔頭，苦笑著說：「嗯……這個嘛……其實因此受歡迎的是諾爾，很多女生跟我要諾爾的契文。」

「……」

「拒絕。」走在奈西身旁陪他上學的諾爾想也不想地說。

「爲什麼！我就不相信現在的女生只喜歡諾爾這一型！就算沒人跟你告白，走在路上也至少會接收到崇拜的目光吧？」

「呃，不如說嫌惡或不敢置信的目光更多了……」

「大家都不靠近奈西。」

聽到這些話，托比一副晴天霹靂的樣子，垂下了耳朵，摀住自己的胸口悲慟地仰天長嘆：「爲什麼……你不是贏了嗎？爲什麼還會有這樣的情況！到底是哪裡做錯了！」

「你看不出來嗎？」奈西無奈地說。

「托比，遲鈍。」連諾爾也搖搖頭。

兔子先生猛然站起身，憤怒地指著他們兩人憤慨地喊：「那你們倒是說說爲什麼啊！」

奈西指了指自己的背後，諾爾也面無表情的指向同一處。

此時他們剛好走到校門口，一踏進校園便引起一片議論與尖叫聲。

「那那那那是什麼東西，呀——」一個女同學臉色慘白的摀著臉尖叫。

「那個綠色的東西是蛹嗎？不，絕對是蛹吧！」另一名男學生誇張地指著奈西的背說道。

「爲什麼要把蛹背在背上啊啊啊！好噁心！」一群人嫌惡的退後好幾步。

原來，奈西的背上多了一個綠色的大蛹。

伊娃向來掛在他的肩上，但是有天奈西睡覺醒來後，卻發現自己放在一旁的召喚師袍上黏了一個大蛹。

由於一直以來都帶著伊娃到處走，所以即使伊娃變成了蛹，他還是一往如昔，很自然地披上召喚師袍。只不過似乎從未有人將毛毛蟲的蛹背在身上，所以引起了很大的騷動。

托比無語了一陣，最後揪著奈西的耳朵大罵：「爲什麼不換一件啦！」

「啊哈哈……因爲我只有這件嘛。而、而且感覺伊娃她就算化成了蛹，也依然想跟著我啊。」

「好不容易得到的名聲又被你自己給毀啦！神經大條的傢伙！」

「別這樣嘛，我為了保護蛹費了很多心力，而且也麻煩到諾爾了，在伊娃結蛹的期間，我都得請他來當她的保鑣。」

奈西很擔心會有人手賤去戳伊娃的蛹，所以最近常常請諾爾陪他上學。

「又來了。」一聲嘆息從身後傳來，他們轉頭一看，見到扶著額一臉無奈的伊萊。他走上前拉住奈西的手臂，帶他離開這個是非之地。

「我說你啊，要是召喚師袍不夠可以跟我借啊，我們身材不是差不多……」

「不要伊萊的。」諾爾不滿地說。「奈西的味道很好聞，伊萊，龍臭味。」

「……你想打架嗎？」伊萊停下腳步，狠狠瞪了諾爾一眼。

「不，諾爾說的沒錯啊。奈西跟一堆花花草草住在一起，身上總是很自然地散發一股花香，如果他披了你的袍子……天啊。」托比忍不住抖了抖。

「艾爾狄亞的幻獸果然都是些混蛋。」

「還好啦，我們只是很討厭龍而已。」

「好了啦你們。」奈西站出來打圓場，他摸摸自家兩隻幻獸，苦笑著說：「不要老是欺負伊萊啦，人家明明這麼友善，怎麼可以這樣。」

「我不覺得整天想召喚龍跟我們決鬥的傢伙有友善到哪去。」

「奈西，被騙。」

「你們是眞的想跟我打架對吧？不要僥倖贏了就得意忘形，若不是因爲那隻毛蟲，勝負根本難說！」

此話一出，在場的除了奈西以外，目光都不自覺地移向奈西背後。伊娃的表現至今仍讓所有人印象深刻，一隻E級幻獸居然擁有困住A級幻獸的能耐，當她還是毛蟲時就如此令人驚豔了，說不好奇她破蛹而出後的表現肯定是假的。

見狀，奈西忍不住笑了出來。

「快出來吧，我等妳，不，大家都在等妳喔。」像是在和自己的孩子說話似的，奈西的語氣十分溫柔。

在他這麼說的時候，原本針鋒相對的兩獸一人神色也和緩下來，停止了爭吵。諾爾輕輕將掌心貼到綠色的蛹上，想著關於伊娃的種種。雖然與她相識的時間不長，但他知道，伊娃也是隻不會屈服於自身級數的幻獸。她有著不輸A級龍族的意志，奈西的人生需要她的存在，而他也十分期待這位同伴的新生。他相信伊娃肯定會是一隻漂亮勇敢的蝴蝶。

「未來還有很多美好的事在等著我們，所以妳一定要快點出來，加入我們。」奈西輕輕笑著，聲音充滿了喜悅。

原本平淡的生活逐漸染上色彩，如今，他對自己的人生充滿期待。

他已經迫不及待想與身邊的同伴踏上光輝的未來——

「約定好了喔。」

（未完待續）

番外　奈西的甜點日常

正式養了一頭大山羊之後，奈西開始了研究如何飼養山羊的生活。諾爾的加入讓他感到十分新鮮，畢竟在這之前，他養的都是些無害的小幻獸與植物，這是他第一次飼養大型山羊，而且還是一隻能化爲人形的山羊幻獸。

「你喜歡吃什麼？」

贏了與伊萊的決鬥後，奈西相當開心，決定好好犒賞這隻羊。他摸摸諾爾的頭，諾爾溫馴地低首任由他撫摸。

「我要甜點。」諾爾毫不猶豫地回應。

對於這份直白，奈西忍不住失笑。「你有特別想吃的嗎？」

「有。」

「是什麼？」奈西暗暗決定，如果諾爾提出他不會做的甜點，這幾天就去找本食譜書來學學。

「你做的。」然而諾爾的回答出乎意料。

奈西的臉上綻放出笑容，這種被在乎的感覺讓他心中充滿溫暖。

很快的，週末到了，奈西十分自然地先把諾爾召喚出來晒晒太陽，而面對這種完全不用做事的召喚，諾爾當然樂意接受。

他放鬆地趴在奈西的院子裡閉目養神，地精們一邊嫌他容易掉毛一邊把玩著他的羊毛，對無害小動物十分友善的諾爾放任他們胡鬧，舒服地瞇著眼打盹。過沒多久，他聞到一陣香味從窗口飄來。

烤蛋糕的味道讓他皺了皺鼻子，揚起頭，憑著動物的吃貨本能往香氣來源晃了過去。

「應該快烤好了。」

奈西看著烤爐裡的海綿蛋糕，語氣輕快地對托比說。自從他決心不再逃避，打算成為一名優秀的召喚師後，這樣的日子居然意外地讓他感到滿足踏實。他安心地長吁一聲，嘴角忍不住又勾起微笑。

一直看著奈西長大的托比當然也注意到了奈西的變化，吾家有子初長成，他為此感到相當欣慰。

他相信過不了多久，奈西就可以把伊萊踩在腳底下了，一想到伊萊落魄地看著奈西取代他成為優等生的樣子，托比就發自內心覺得各種愉悅。果然他家小孩才是最優秀的！

「托比？」見托比整隻兔開始走神，奈西疑惑地出聲喚了一下。

「你一定要好好加油，讓那個小子好看。」托比拍了拍奈西，認眞地叮嚀，弄得他一頭霧水。

「你在說什麼啊，我——」

「砰」的一聲，窗戶被猛然打開，奈西嚇得馬上轉過身，結果一秒失笑。

只見獸形諾爾直接用鼻子推開窗戶，整張臉塞滿了窗框。他趴在窗臺上，平靜無波的雙眼直盯著烤爐。

「諾爾……」奈西被逗得輕笑出聲，他上前摸摸諾爾的頭，諾爾很享受地瞇起了眼。

「你再等一下，還沒做好。」

雖然這麼說了，諾爾卻依舊沒有離開的意思，一張羊臉卡在那裡開始觀察起製作的狀況。

被諾爾這樣大刺刺盯著，奈西倒也沒有不自在，這種感覺就很像做飯時自家寵物在旁邊好奇觀看一樣。

他用食指從碗裡挖了一口鮮奶油，試了下味道，滿意地點點頭。

這時，一道特別灼熱的目光從窗口投來，奈西回頭一看，只見諾爾目不轉睛地盯著碗裡的鮮奶油，於是他低笑著再次用手挖了一些鮮奶油，伸到諾爾的嘴邊。

黑羊的舌頭飛快一捲，瞬間把手指上的鮮奶油舔掉。但下一秒，諾爾便雙眼微睜，看似受到了打擊。

在奈西因他的反應感到疑惑時，諾爾化爲人形，難過地說：「再來一次。」

他忘了那副巨大的身軀根本嚐不到多少味道。

諾爾悔恨的樣子讓奈西失笑，心軟的他再度挖了一口讓這隻羊嚐嚐。這次諾爾沒有再輕率對待，他低下頭，舌頭輕輕溜過奈西的指腹，異樣的觸感讓奈西身子一震。當他想縮回手時，諾爾卻一把抓住他的手腕，含住了整個指頭，不放過任何殘留，把鮮奶油連同奈西的指尖舔得乾乾淨淨。

「諾、諾爾……」

感覺到舌尖的流連與牙齒的碰觸，奈西的聲音不自覺慌亂起來，諾爾的舉動讓他感覺彷彿鮮奶油只是配料，他的手才是主菜一般。

在奈西喊出聲後，諾爾便立刻放開他的手，卻意猶未盡地舔了舔唇，目光更是緊盯著他。

「你夠嘍，再吃下去，我們還要不要做蛋糕啊！」托比猛然跳過來，氣憤地把諾爾推出窗外。「好了，奈西，把那扇窗戶鎖好，不然這傢伙肯定會趁我們不注意的時候把東西都吃光光——奈西？你的臉好紅，怎麼了？」

「沒、沒事！」

奈西慌張地搖搖頭，連忙低頭繼續做自己的事。

剛剛應該是錯覺吧？那一瞬間，他居然無法確定諾爾到底是想要他繼續餵食，還是根本轉移了目標。不過這件事只困擾了奈西三十秒，他便釋懷了。

說到底，諾爾可是吃素的，怎麼會把人類當成大餐呢？

他眞是太糟糕了，明明說好要相信諾爾的。想到此處，奈西不禁感到有些愧疚，於是在鮮奶油蛋糕上多放了幾顆草莓當作補償。

他看著窗外的諾爾，此刻諾爾又再度化爲一隻山羊趴在地上熟睡，羊角上還掛著一條毛蟲。

他曾經因爲讓諾爾待在後院而感到萬分懊悔與恐懼，而如今這種感覺早已煙消雲散，現在看到諾爾待在那裡，他只覺得十分有安全感。

因爲他知道，這是一隻會保護他們的強悍幻獸。

想到從今以後諾爾都會陪在自己身邊，奈西的嘴角便忍不住揚起微笑。

過去那種沉浸在不安與逃避中的日子已經結束了，他相信只要有諾爾在，未來會更加踏實美好。

後記　理直氣壯的厚臉皮生物

這邊是草草泥，謝謝大家看到這裡（A。）

《召喚師的馴獸日常》是在我對生活充滿感激之情的狀況下誕生的，這份心意能夠受到編輯賞識，進而像這樣與大家見面，眞的讓我很高興。

身爲一個宅宅，我在打電玩時有時候會對遊戲中隨叫隨到、完成任務後就默默消失的召喚獸感到好奇，也因此寫出了這篇從召喚獸視角出發的故事。其實初版故事與現在差很多，我原本打算將幻獸主角設定成一個充滿正義感的熱血角色，但後來想到這種角色與我的性子不合，當主角的話會讓我寫得很痛苦（笑），所以乾脆來了個一百八十度大轉變，改成一個超不熱血，沒有幹勁的主角。

於是諾爾的雛型就這樣誕生了，這是我第一次嘗試描寫如此懶散的主角，結果寫起來意外的順手，我想這應該跟我的懶沒有關係。（正色）

我個人很喜歡個性有缺陷的角色，每個人都有他的優點與缺點，諾爾就是一個很典型的例子。他既懶惰又怕麻煩，又是個厚臉皮小白臉，但是這樣的他也有著自己的信念，面對不該逃避的事絕不會逃避，盡他所能的保護身邊的人。至於奈西的話，雖然他是個善良體貼的孩子，不過在某些事情上卻異常的堅持己見，情感方面也有些笨拙不擅表達，這一點在下一集比較能看得出來。

然後故事中可以看見有許多動物要素（？），因爲我本身相當喜歡動物，家裡也養了三條狗，對於這些讓人又愛又恨的傢伙，我只有一個想法：就是一群厚臉皮的生物。

譬如他們十分鐘前才吃過一餐，結果看到你在吃東西，又跑過來跟你裝可憐，在那邊哀號得好像一整天沒吃飯一樣，還永遠都覺得別人碗裡的東西比自己的好，把自己的肉吃完就去覬覦別人的份。

去動物園時也是，餵那些毛絨動物吃草，他們卻凶得跟惡霸一樣，還會連你的手也一起吃。雖然他們是如此理直氣壯的生物，依舊有一種獨特的魅力，讓人無法不喜愛。

未來還會有更多不聽人話、充滿個性的幻獸出沒，然後曖昧對象也……我是說男主角也還沒登場完，希望大家可以繼續支持這個故事～

在此謝謝辛苦的ＰＯＰＯ編輯、繪製美美封面的喵四郎老師、一路支持我的讀者，與看到這裡的你們。另外特別感謝塡坑小夥伴阿滅，能夠在這條漫長的寫作之路上互相交流勉勵的感覺很好，謝謝你陪我度過無數趕稿之夜！

看到最後有什麼感想的話，歡迎到我的出沒地點留言哦哦，我會滿心歡喜地迎接的！

草草泥

國家圖書館出版品預行編目資料

召喚師的馴獸日常. 1, 召喚獸內容與包裝不符可以退貨嗎／草草泥著. -- 初版. -- 臺北市；城邦原創出版：家庭傳媒城邦分公司發行, 民 105.04
面；公分

ISBN 978-986-92937-2-3（平裝）

857.7 105005977

召喚師的馴獸日常 01
召喚獸內容與包裝不符可以退貨嗎？

作　　者／草草泥
企畫選書／楊馥蔓
責任編輯／陳思涵

行銷業務／林政杰
總 編 輯／楊馥蔓
總 經 理／伍文翠
發 行 人／何飛鵬
法律顧問／元禾法律事務所　王子文律師
出　　版／城邦原創股份有限公司
台北市中山區民生東路二段 141 號 6 樓
電話：(02) 2509-5506　傳眞：(02) 2500-1933
E-mail：service@popo.tw
發　　行／英屬蓋曼群島商家庭傳媒股份有限公司城邦分公司
聯絡地址：台北市中山區民生東路二段 141 號 11 樓
書虫客服服務專線：(02) 25007718．(02) 25007719
24小時傳眞服務：(02) 25001990．(02) 25001991
服務時間：週一至週五09:30-12:00．13:30-17:00
郵撥帳號：19863813　戶名：書虫股份有限公司
讀者服務信箱 email：service@readingclub.com.tw
城邦讀書花園網址：www.cite.com.tw
香港發行所／城邦（香港）出版集團有限公司
地址：香港灣仔駱克道 193 號東超商業中心 1 樓
email：hkcite@biznetvigator.com
電話：(852)25086231　傳眞：(852) 25789337
馬新發行所／城邦（馬新）出版集團 Cité(M)Sdn. Bhd.
41, Jalan Radin Anum, Bandar Baru Sri Petaling,
57000 Kuala Lumpur, Malaysia.
電話：(603) 90578822　傳眞：(603) 90576622
email:cite@cite.com.my

封面插畫／喵四郎
封面設計／蔡佩紋
印　　刷／漾格科技股份有限公司
電腦排版／陳瑜安
經 銷 商／聯合發行股份有限公司
電話：(02)2917-8022　傳眞：(02)2911-0053

■ 2016 年（民 105）4 月初版
■ 2020 年（民 109）11 月初版 10 刷
Printed in Taiwan

定價／230元

ISBN 978-986-92937-2-3

POPO城邦原創 www.popo.tw
城邦讀書花園 www.cite.com.tw